많도 안되게

행복한 인생을.

정나연.

말은 안 되지만

트리플

말은 안 되지만

27

정해연
소설

TRIPLE

차례

007 관심이 필요해
043 드림카
075 말은 안 되지만
107 에세이 어떤 작가
118 해설 유동하는 현실, 온몸의 방랑 — 성현아

관심이 필요해

1

오전 여덟시가 되자 중혁은 너스 스테이션으로 향했다. 오늘 회진을 돌 환자들의 차트를 체크하기 위해서였다. 너스 스테이션에서는 수간호사가 반갑게 인사를 했다. 그녀는 사십대 후반의 여성으로 늘 웃는 얼굴을 하고 있어 환자들이 좋아했다. 중혁 역시 그녀 앞에서는 자연스럽게 웃는 얼굴이 됐다. 수간호사에게 반갑게 인사를 하며 중혁은 너스 스테이션 카운터에 놓인 모니터로 차트를 확인했다. 밝던 그의 표정이 이내 굳었다.

"영우 또 들어왔어요?"

중혁은 혹시 잘못 봤나 싶어 차트를 재확인했다. 만 7세 신영우. 아이는 지난밤 중환자실을 통해 입원했다. 폐렴 증상이 뚜렷했고 염증 수치도 상당히 높았다. 문제는 그게 아니었다. 영우는 불과 이 주 전에도 같은 증상으로 중혁에게 진료를 받았다. 그게 다였다면 그럴 수 있겠다고 생각하며 넘어갈 수도 있었다. 하지만 영우는 한 달에 한두 번은 주기적으로 입원하거나 진료를 받았다. 넘어지거나 어딘가에 부딪혔다는 이유로 정형외과에도 자주 오는 단골 환자였고, 중혁이 담당하는 호흡기내과에는 폐렴 증상으로 자주 찾아왔다. 혹시 선천적으로 폐 기능이 떨어지거나 병이 있나 싶어 정밀검사도 해봤지만 그런 소견은 보이지 않았다. 그가 의심하는 건 다른 데에 있었다.

"회진 돌죠."

중혁이 말하자 수간호사가 너스 스테이션을 나와 그의 뒤를 따랐다. 그 뒤로 신입 간호사 한 명이 더 붙었다.

담당 환자들과 만나면서도 중혁은 계속 영우를 생각했다. 여섯 명의 환자와 만난 뒤에야 영우의 병실 앞에 다다랐다.

중혁은 벽에 걸린 영우의 이름을 빤히 처다보고는 병실 문을 열었다. 아침 식사를 마칠 때였는지 식판을 치우는 보호자들로 인해 조금 부산스러운 분위기였다. 영우는 입구 기준 왼쪽 세 개의 침대 중 가운데 침대를 사용했다. 영우의 엄마는 누운 아이의 손톱 쪽을 꾹꾹 누르고 있었다.

"영우야."

중혁이 아이를 부르자 영우의 엄마는 조금 놀라며 자리에서 일어섰다. 중혁이 회진을 온 줄 모르고 있던 모양이다. 중혁은 일단 영우의 얼굴부터 확인했다. 입술이 하얗게 부르텄고 안색이 좋지 않았다. 그래도 지난밤 응급실에서의 조치로 열은 정상범위까지 내려가 있었다. 아직 염증 수치가 높아 퇴원은 어렵지만 그리 걱정할 단계는 아니었다.

"안녕하세요."

영우 엄마가 엉거주춤한 자세로 중혁에게 인사했다. 그녀의 얼굴은 검은 편이었고 어딘지 모르게 억세 보였다. 빗이 없는지 단정치 못한 머리를 억지로 묶은 태가 났다. 머릿결도 피부도 푸석했다.

"뭐 하고 계셨어요?"

수간호사가 영우 엄마를 향해 자상하게 물었다. 그녀는 어색한 미소를 지으며 대답했다.

"애가 왜 이렇게 자꾸 아픈지 모르겠어요."

그건 이쪽이 할 말이다. 그 말이 목구멍까지 솟구쳤지만 중혁은 여자를 그저 응시했다. 그녀가 말을 이었다.

"아무래도 면역력이 안 좋은 것 같은데, 손톱 마사지가 면역력 올리는 데 좋다고 들어서요."

그 말에 맞은편에 있던 한 보호자가 감탄하며 목소리를 높였다.

"얼마나 지극정성인지 몰라요. 나도 환자 간호했다면 한 사람인데 저렇게 지극정성은 또 처음 봐요. 수시로 애 마사지해주지, 열 오르는지 체크하지, 작은 소리만 내도 벌떡벌떡 일어나지……. 자기는 밥도 안 먹고 애 먹는 것만 신경 쓴다니까요. 밤에 잠도 안 자고 애 열 체크를 해요."

영우 엄마가 쑥스럽다는 듯 웃었다.

"엄마니까요."

"엄마면 다 그러나? 엄마라도 좀 쉬기도 하고 먹기도 하고 그렇지. 밤에 잠도 거의 안 자는 것 같더만."

그 말을 증명이라도 하듯 영우 엄마의 눈 밑이 검었다.

"제가 봐도 영우 어머님은 대단하세요. 볼 때마다 영우 물수건 갈아주러 쉴 틈 없이 다니시던걸요."

수간호사도 인정하며 고개를 끄덕였다. 사람들의 찬사에서 눈을 돌려 중혁은 영우를 보았다.

"기분은 어때?"

영우는 활짝 웃었다.

"좋아요."

"그래도 아직 퇴원은 못 하는데, 어쩌지? 염증 수치가 훨씬 낮아져야 해."

"괜찮아요."

영우의 표정은 밝았다. 그래서 영우 엄마의 표정이 더 과하게 그늘져 보였다.

"애가 왜 이렇게 자꾸 아픈 걸까요."

"글쎄요."

차가운 표정이 드러날 것 같아 중혁은 일부러 영우 엄마와 시선을 맞추지 않았다.

"다른 데 이상은 없으니 경과를 좀 지켜보시죠. 잘 먹이시고요."

"네."

중혁은 몸을 돌려 병실을 나갔다.

"선생님."

다른 병실로 이동하는 복도에서 수간호사가 슬쩍 말을 걸었다. 중혁이 뒤돌아보았다.

"네, 무슨 문제 있나요?"

"아니요."

"그런데 왜요?"

"좀 차가우신 거 같아요. 여느 때랑 다른 것 같아서……."

"그래요? 좀 피곤한가 보네요."

서둘러 대답한 중혁은 곧바로 다른 병실로 들어갔다.

중혁은 그날 근무하는 내내 영우와 영우의 엄마에 대해 생각했다. 그리고 그녀를 극찬하던 사람들과 쑥스러워하던 그녀의 표정에 대해 생각했다.

'대리 뮌하우젠 증후군'이라는 것이 있다. 가족이나 누군가 아픈 사람을 극진히 보살펴 다른 사람의 관심과 칭찬을 받으려는 증상을 말한다. 증후군이라는 말 그대로 정신질환으로 분류된다. 대리 뮌하우젠 증후군을 앓는 사람은, 자신이 돌보는 환자가 나으면 관심을 받을 수 없다는 위기의식 때문에 환자를 더 아프게 만들곤 한다. 실제로 링거액에 설거지용 세제 등 이물질을 넣어 위험에 빠뜨리거나 계단에서 밀어 다치게 하는 사례도 있었다. 영우는 이런 경우에 정확히 들어맞았다. 다치기도 했고, 원인 모를 병으로 수시로 입원했다. 그때마다 영우의 엄마는 아이를 극진히 보살피고 주변의 찬사를 받았다. 이게 사실이라면 큰 문제였다. 여자의 정신질환을 넘어 심각한 아동학대가 이루어지고 있는 것이었다. 중혁은 영우의 엄마를 멈추게 해야 한다고 생각했다. 그러지 못하면 그 끝이 어떻게 될지 몰랐다.

2

중혁은 출근하자마자 너스 스테이션으로 가 오늘 볼 환자들의 상태와 치료 기록을 살폈다. 가장 먼저 펼친 기록은 영우의 것이었다. 사흘간의 치료로 영우는 많이 나아져 있었다. 불쑥불쑥 올라오는 열도, 염증 수치도 모두 가라앉은 상태였다. 오늘 오후나 내일이면 퇴원할 수 있어 보였다. 그런 생각을 하자 가슴께에 무거운 것이 내려앉는 기분이 들었다.

"선생님, 선생님?"

생각에 빠져 있던 중혁이 자신을 부르는 소리에 정신을 차렸다. 수간호사가 그를 바라보며 어리둥절한 얼굴로 미소 짓고 있었다. 중혁과 눈을 마주친 그녀가 아래를 향해 손짓했다. 그제야 가운 주머니 속 휴대폰이 울리고 있음을 알아차렸다. 중혁은 휴대폰을 꺼내 화면에 뜬 발신인을 확인했다. 그의 얼굴이 곧장 굳었다. 그는 통화 거절 버튼을 눌렀다.

전화를 건 사람은 그의 어머니였다. 한 달에도 수차례 전화를 걸어 왔지만 중혁이 받는 일은 거의 없었다. 그녀가 가끔 집으로 찾아올 때도 있었다. 당직 근무를 자주 하는 중혁을 만나지 못하는 날에는 메모를 남기고 갔으나 중혁이 전화를 걸지는 않았다. 그의 어머니는 지치지도 않았다. 어떻게든 중혁을 만나야겠다는 일념으로 열심히도 찾아왔다. 그렇게 해서 중혁을 만나는 날이면 대뜸 돈을 요구했다.

"내가 널 어떻게 키웠는데!"

그 말은 도리어 중혁이 묻고 싶은 것이었다. 당신은 나를 어떻게 키웠는가? 말을 듣지 않는다며 때리고, 배고파한다고 때렸다. 말라비틀어진 식빵 두 장을 식탁 위에 던져놓고 집을 나가 사흘 만에 돌아온 적도 있었다. 중혁이 고작 여덟 살 때였다.

언제인지 기억도 나지 않는 어느 날에 어린 중혁은 매를 감수하고 소리친 적도 있었다. 차라리 날 버려달라고, 고아원에 가게 해달라고. 그러나 그의 어머니는 중혁을 때리지 않았다. 오히려 웃으며 말했다.

"안 돼. 네가 없으면 지원금이 안 나오거든."

중혁은 지금까지도 그 미소를 잊을 수가 없다.

그 뒤로도 지옥 같은 시간은 끝나지 않았다. 그래도 중혁이 어느 정도 자라자 어머니는 매질을 멈췄다. 이제 힘의 우위에 선 것은 중혁임을 아는 것 같았다. 그래도 어머니는 끝없이 남자들로부터 외유를 받았고, 늘 응했다. 어머니가 집을 나가는 건 그래도 괜찮았다. 남자들이 수시로 집 문턱을 넘는 건 참을 수 없었다. 중혁은 어머니와 분리되어야 한다고, 진작 그랬어야 했다고 생각하며 집을 나왔다. 학교에도 가지 않았다. 학교에서 어머니에게 몇 번이고 전화를 걸었을 테지만 중혁은 그녀가 뭐라고 대답했는지 모른다. 집을 나간 중혁을 찾으려고 했을지조차 알 수 없었다.

중혁은 중국집 배달부로 취직했다. 숙식은 식당에 달린 뒷방에서 해결했다. 식당 주인에게는 자신이 고아라고 말했다. 그때는 그런 일이 꽤 많은 시기였다. 식당 주인은 좋은 분이었다. 많지 않은 돈이지만 월급을 꼬박꼬박 주었고, 팔다 남은 고기 튀김을 포장해주기도 했다.

중혁은 다 식은 고기 튀김을 먹으면서 공부했다. 어떻게든 살아남을 거다, 어떻게든 잘 살아낼 거다, 반드시 후회하게 해줄 테다, 다짐하며. 그것만이 어머니에게 복수하는 일 같았다.

검정고시를 통과하고 대학 합격 발표를 확인한 날, 중혁은 축하를 받으며 중국집을 그만뒀다. 그동안 모은 돈으로 학교 근처에 자취방을 마련했다. 그렇게 의사가 되었고, 중혁은 점점 안정되어갔다. 어머니에 대한 원망이나 갈증 같은 증오도 점점 사라져갔다. 어머니에게서 완전히 분리된 채 잘 살 수 있을 것 같았다.

그러나 중혁의 바람은 이루어지지 않았다. 어머니가 눈앞에 나타난 것이다. 중혁이 의사가 된 것을 알고 찾아온 건 아니었다. 같이 살던 남자에게 폐결핵이 옮아 병원을 찾았다가 중혁과 마주친 것이었다. 그녀는 한 번에 중혁을 알아봤다.

어머니는 중혁이 의사가 됐다고 좋아했다. 어릴 때부터 넌 머리가 좋았다고 했다. 어떻게 연락 한번 하지 않고 살았느냐며 중혁을 탓했다. 진료 시간이 길어지자 상황을 보러 들어온 간호사에게 이 사람이 내 아들이라 떠벌렸다. 그날 저녁 퇴근길, 병원 앞에 버티고 서서 기다리던 어머니와 다시 만났다.

"돈 좀 모아둔 거 있니?"

늘 그런 식이었다. 중혁은 몇 번쯤은 모른체하기도 하고 몇 번쯤은 돈을 해주기도 했다. 하지만 끝이 없었다. 이제 엄마는 나이가 들었다, 더 이상 남자 만날 기력도 없다, 말하며 기어이 중혁이 자신을 모셔주기를 기대했다. 그 때문에 요즘 더욱 잦은 연락을 해왔다.

"제발 부탁드려요."

생각에 잠겨 있던 중혁은 익숙한 목소리에 고개를 들었다. 소리가 난 쪽을 돌아보니 영우의 엄마가 엘리베이터 앞 의자에 앉아 있었다. 누구와 전화를 하는지 알 수 없었지만 두 손으로 휴대폰을 붙잡고 연신 몸을 조아리는 게 상당히 저자세였다.

"아이가 아파서 그래요. 퇴원하는 대로 바로 일 나갈게요. 안 돼요. 제발 이번만 부탁드려요. 아이를 돌봐줄 사람이 없어서 그래요. 앞으로는 절대 이런 일 없을 거예요."

그녀는 연신 사정했다.

"안됐어요."

중혁이 고개를 돌리자 수간호사가 안타까운 표정을 짓고 있었다.

"일하는 데서 안 나온다고 일 그만두라고 하나 봐요."

수간호사는 목소리를 조금 낮춰 말을 이었다.

"남편분도 안 계신 것 같던데…… 정말 안됐어요. 그래도 영우한테는 맨날 웃는 얼굴이세요. 너무 안타까워요."

중혁은 대답 없이 영우의 엄마를 물끄러미 바라보았다. 그의 시야가 점점 넓어졌다. 사람이 많이 지나다니는 곳, 너스 스테이션 바로 앞 의자, 큰 목소리로 하는 통화. 그리고 여지없이 그녀에게 쏟아지는 동정들.

중혁은 고개를 돌렸다.

"회진 시작하죠."

영우는 침대에 누워 있었다. 누가 사준 건지 손바닥만 한 로봇 장난감을 만지작거리고 있었다. 중혁이 다가서자 영우가 상체를 일으키고 앉았다. 영우의 엄마가 빠른 걸음으로 보호자 침대로 돌아왔다.

"선생님, 저희 영우 어떤가요?"

중혁은 영우의 엄마와 눈을 마주치지 않은 채로 외운 것을 읊듯이 말했다.

"염증 수치도 떨어졌고 모든 게 정상입니다. 오늘 오후에 퇴원하시죠."

중혁은 말을 마치자마자 영우를 쳐다보았다. 영우의 얼굴이 어두워져 있었다. 손에 쥐고 있던 장난감은 어느새 놓은 채였다. 분명하다. 영우는 퇴원하고 싶지 않은 것이다. 두려워하고 있음을 중혁은 알아볼 수 있었다. 뭐가 두렵니? 묻고 싶었지만 여기서 물을 수는 없었다.

"다행이다, 진짜."

영우의 엄마가 영우의 작은 어깨를 끌어안으며 말했다.

"퇴원하고 나서도 건강관리 잘해주셔야 합니다. 다시 입원하는 일이 있으면 안 되겠죠?"

"네."

영우 엄마는 크게 고개를 끄덕였다. 말속에 숨긴 작은 경고 따위는 인지하지 못한 듯했다. 그녀의 대답을 중혁은 믿을 수 없었다.

3

영인동 아름다운빌라 302호.

중혁은 주소가 적힌 쪽지를 다시 한번 확인하고는 눈앞의 건물을 보면서 손으로 움켜쥐었다. 이곳은 영우의 집이다. 주소는 병원 프로그램을 이용해 간단히 손에 넣었다. 환자의 정보를 개인적으로 사용하는 건 당연히 불법이었다. 하지만 꼭 확인해야 했다. 증거를 잡아야 했다. 중혁의 머릿속은 내내 그런 생각으로 가득했다.

시계를 보았다. 오후 네시가 넘어가고 있었다. 영우가 학교를 다닌다 해도 이 시간이면 집에 와 있을 것이었다. 영우는 지금 뭘 하고 있을까?

중혁은 뒷걸음질하며 두 걸음 물러났다. 그러고는 건물 창문을 보며 302호로 추정되는 집을 손가락으로 헤아려보았다. 그러던 중혁이 눈을 부릅떴다. 302호로 보이는 집의 베란다 바닥에 힘없이 늘어져 있는 작은 손이 보였다. 베란다의 전면 창은 청소를 한 지 오래되었는지 내부가 보이지 않을 정도로 뿌옜다. 그래도 아이의 손만은 정확히 보였다. 저곳에 영우가 쓰러져 있었다.

중혁은 한달음에 삼층으로 뛰어 올라갔다. 한겨울이었다. 해가 지는 시간인 데다 오늘은 전국에 한파주의보도 발령되었다. 현재 기온은 영하 12도. 체감온도는 그보다 훨씬 낮을 것이다. 그런 날 어린아이가 차갑디차가운 베란다에 쓰러져 있었다. 중혁의 머릿속이 불덩이처럼 뜨겁게 달아올랐다.

삼층에 도달한 중혁은 302호 현관문을 거칠게 두드렸다. 안에서는 아무런 소리도 들려오지 않았다. 그는 있는 힘껏 소리를 내질렀다. 아이의 엄마가 눈앞에 있었다면 멱살을 잡아 올렸을지도 몰랐다.

"문 열어! 당장 문 열라고!"

아무리 소리쳐도 소용없었다. 안에서는 인기척조차 나지 않았다. 그 교활한 여자의 얼굴을 떠올리자 화가 불기둥이 되어 타올랐다. 그 여자는 집 안에 조용히 앉아 가만히만 있어도 지나갈 거라 생각하고 있을 것이었다. 절대 그렇게 둘 수는 없었다. 중혁은 휴대폰을 꺼내 112를 누른 뒤 마치 들으라는 듯 일부러 목소리를 높였다.

"경찰서죠? 여기……."

중혁이 주소와 함께 상황을 간단히 설명했다. 자신의 직업과 아동학대 의심이라는 말이 떨어지자 접수 대원의 목소리가 사뭇 달라졌다. 긴장하는 것 같았다. 중혁은 스스로 납득하듯 고개를 끄덕였다. 이건 자신이 어렸을 적 당한 학대에 대한 복수를 하는 것이 아니라 한 아이를 구하고자 하는 의사의 사명이라고.

경찰이 도착한 건 신고 후 칠 분이 지나서였다. 그때까지 집 안에서는 아무 소리도 들리지 않았다. 중혁은 경찰을 기다리는 내내 조용히 현관문을 노려보고 있었다.

인근 지구대에서 출동한 것으로 보이는 경찰 두 명은 건장한 남성으로 조끼에 점퍼를 착용하고 있었다.

"이 집이에요."

중혁이 말하자 경찰 한 명이 앞으로 나와 문을 두드렸다.

"계세요? 경찰입니다. 잠깐 문 좀 열어보시죠."

역시 아무런 소리도 들리지 않았다. 경찰은 이후 세 차례나 더 문을 열라며 초인종을 눌러댔지만 안에서는 나올 기미가 없어 보였다.

"정말 아무도 없는 거 아닙니까?"

경찰은 약간 이상하다는 투로 중혁을 향해 말했다. 중혁 역시 계속 이상하다고 생각하는 중이었다. 경찰까지 와서 문을 열라고 하는데 고집을 부리며 열지 않는 것은 그럴 수 있다 하더라도, 베란다에 둔 아이를 안으로 들이는 기척은 들려야 마땅했다. 방음이 완벽하다면 모르겠지만 이 낡은 빌라가 그럴 것 같아 보이지는 않았다.

경찰이 다시 한번 초인종을 눌렀다.

"마지막 경고입니다. 이번에도 안 여시면 저희가 따고 들어가요!"

이전보다 큰 소리로 경찰이 외치자 이번에는 공기에 변화가 생겼다. 안에서 옅게 슬리퍼 끄는 소리가 들렸다. 곧이어 천천히 손잡이가 돌아갔고, 문이 빼꼼히 열렸다. 모습을 드러낸 건 영우였다.

낡은 팬티 한 장과 러닝을 입은 영우의 피부는 파랗게 얼어 있었다. 아이는 입도 제대로 열리지 않는 것 같았다. 뭔가 말을 하려 부들거리는 입술을 달싹이다가 영우는 그대로 쓰러져버렸다.

"영우야!"

중혁은 몸을 낮춰 쓰러지는 영우를 안았다. 얼음덩어리를 안는 느낌이었다. 아이의 입에서 소름 돋는 한기가 쏟아졌다. 고개를 들고 집 안을 둘러보았다. 아무도 없는 듯했고, 베란다 문만 열려 있었다.

"아동학대가 맞습니다! 몸에 난 멍들 보셨죠? 멍의 색이 다 다른 게 오래전부터 이어진 폭력의 증거입니다. 제가 의사예요. 확실합니다."

경찰서로 이동한 중혁은 흥분한 감정을 최대한 가라앉히며 지금까지의 일에 대해 침착히 설명했다. 영우를 만났을 때부터 영우의 엄마를 의심하게 되기까지의 이야기였다. 경찰은 심각하게 중혁의 이야기를 듣다가 입을 열었다.

"하지만 집엔 엄마가 없었고 애 혼자 베란다에 나가 있었어요. 그리고 언제라도 베란다에서 안으로 들어오려면 들어올 수 있는 상황이었고요. 아마도 아이가 스스로 베란다에 나간 것 같아요."

그건 중혁이 쉽게 반박할 수 있는 문제였다. 자신도 그랬으니까.

"일곱 살 아이입니다. 엄마가 하는 말은 곧 법과 같죠. 엄마가 절대 들어오면 안 된다고 했다면 들어올 수 없는 겁니다. 뭔가 족쇄라도 걸린 것처럼요. 아니, 진짜 족쇄일지도 모르죠. 엄마의 말은, 아니 어른의 명령은 아이들에게 그런 거니까."

경찰은 어느 정도 수긍하는 듯했다. 아이의 잦은 입원기록만 봐도 의심의 여지가 충분히 있었다.

사람들은 말한다. 아이들은 부모가 키워야 한다고. 맞는 말이다. 아이들은 제 부모의 손에 자라날 권리가 있다. 그러나 거기에는 반드시 명제가 따른다. '제대로 된' 부모. 아이를 안전하고 건강하게 키울 수 있는 부모. 그렇지 않다면 분리되는 것이 아이를 위해 더 나은 선택이다. 자신이 그랬듯.

"일단 영우 어머니가 이쪽으로 오시기로 했으니

조사를 더 해볼게요."

"알겠습니다. 제가 필요하거나 무슨 일이 있으면 이쪽으로 연락주세요."

중혁은 아까 경찰에게 건넨 명함을 다시 한번 가리켰다. 그러고는 자리에서 일어나 돌아섰다. 그때 경찰서를 향해 뛰어 들어오는 여자가 보였다. 머리는 산발이었고, 옷은 온통 모래라도 덮어쓴 듯 먼지가 하얗게 내려앉아 있었다. 머리카락도 희끗했는데, 그건 덮어쓴 먼지 때문인 것 같아 보였다. 일 바지를 입고 있었고, 조금 두툼한 티셔츠 위에 회사 이름이 박힌 조끼를 걸치고 있었다. 그녀는 헉헉 숨을 내뱉으며 주변을 둘러보다가 중혁과 눈이 마주쳤다.

영우의 엄마였다.

4

근무일은 아니었지만 중혁은 곧장 병원으로 갔다. 영우 엄마의 조사 내용이 궁금하기도 했지만 그에겐 영우의 현재 상태가 훨씬 중요했다. 택시에서 내리자마자 달려오는 중혁을 알아본 진료 안내소 경비원이 급히 움직여 응급실 문을 열어주었다. 중혁이 안쪽으로 들어가자 너스 스테이션에 앉아 있던 민 간호사가 일어섰다.

"영우 왔죠?"

"네, 구급차 타고 들어왔어요."

응급실 단골이었기에 민 간호사 역시 이름만 들어도 영우를 알았다.

"상태는요?"

"나쁘진 않아요."

민 간호사는 중혁의 앞에 위치한 모니터에 영우의 차트를 띄워주었다. 추위 때문에 쓰러진 것이긴 하나 저체온증까지는 아니었고, 걱정했던 것처럼 폐렴으로 진행되지도 않았다. 다행인 일이었다.

"어디 있어요?"

"A3이요."

A 구역은, 응급실에 들어왔지만 위급 상태는 아닌 환자들을 모아놓은 곳이었다. 그 구역 3번 방에 영우가 있었다. 안이 훤히 들여다보이는 강화유리 너머로 침대 위의 영우가 보였다. 차트에서 본 상태를 증명이

라도 하듯 안색이 나쁘지 않았다. 영우는 누운 채로 똑똑 떨어지는 수액을 쳐다보고 있었다.

중혁이 병실 안으로 들어가자 영우가 굳은 얼굴로 그를 보았다.

"괜찮니?"

영우는 고개를 끄덕였다. 그러고는 중혁의 뒤쪽을 살폈다. 중혁은 영우의 시선을 따라 뒤를 돌아보다가 깨달았다. 자신의 엄마가 같이 왔는지 확인하려는 것이었다.

"엄마는 늦게 오실 거야."

안심시켜주려 한 말이었는데 영우의 얼굴이 급격히 어두워졌다. 엄마가 올 거라는 말을 하지 말았어야 했다며 중혁은 후회했다.

중혁이 벽 쪽에 있는 의자를 당겨서 침대 옆에 앉으니 영우가 물었다.

"저 입원하나요?"

중혁은 잠시 고민하다가 대답했다. 거짓말을 할 수는 없었다. 고개를 저었다.

"아니, 그 정도는 아니야."

영우의 얼굴은 더욱 어두워졌다.

"왜 베란다에 나가 있었니?"

중혁의 물음에도 영우는 입을 열지 않았다. 표정이 더 어두워져갔다. 중혁은 영우의 대답을 꼭 듣고 싶었다. 아니, 증언을 얻어내고 싶었다. 그래야만 적절한 처벌이 가능했다. 있지도 않은 모성으로부터 아이를 떨어트릴 수 있었다. 여느 가정의 평범한 아이들과는 다르겠지만 적어도 고통을 주는 엄마에게서 아이는 분리되어야 마땅했다.

"입원하고 싶어요."

한참 만에 입을 연 영우에게서 나온 말은 중혁을 참담하게 했다. 영우 역시 알고 있었다. 엄마가 자신에게 어떤 사람인지. 그래서 두려운 것이었다.

"왜 입원하고 싶은 거야?"

"집에 있기 싫어서요."

"왜 집에 있기 싫지?"

아이는 다시 입을 다물었다.

중혁은 환자복을 입은 영우의 팔을 끌어당겨 소매를 걷어 올려보았다. 멍 자국이 새로 나 있었다.

"이건 누가 그런 거니?"

"제가요. 넘어졌어요."

"여기 있는 이 멍도 지난번에 넘어졌다고 하지 않았니? 자주 넘어지는구나."

"네."

영우는 대답을 하면서도 시선을 피했다. 중혁은 아이를 조금 더 설득해보려다 말았다. 두려워하는 아이를 자꾸 몰아세울 수는 없었다. 걷었던 아이의 소매를 내리고 팔을 담요 안쪽으로 넣은 뒤 목까지 덮어주었다.

"링거액 다 들어갈 때까지 한숨 자."

영우가 벽 쪽으로 몸을 돌렸다. 그렇게 모로 누운 채 말간 눈으로 벽을 응시했다. 그 상태로, 마치 애원하듯 물었다.

"입원, 진짜 안 돼요?"

"아마 그럴 거다."

영우는 눈을 감았다. 중혁은 병실에서 나와 민 간호사에게 눈짓으로 인사한 뒤 응급실을 빠져나왔다. 택시승강장으로 향하던 중 막 택시에서 내리는 여자를 발견했다. 여자는 응급실 방향으로 몸을 틀다가 중혁을 발견하고는 우뚝 멈췄다. 영우의 엄마였다.

중혁은 그녀에게서 눈을 피하지 않았다. 적의 가득한 눈으로 그녀를 보았다. 조사에서 밝혀진 건 별로 없으리라는 것을 중혁은 알았다. 경찰의 말대로 영우는 원하면 언제든 베란다에서 방 안으로 들어갈 수 있었다. 그걸 빌미로 얼마든지 책임을 피할 수 있었다. 증거 불충분. 영우 엄마가 목표한 단어는 그것이었을 테다.

중혁은 고개를 돌리고 그녀의 옆을 스쳤다. 이 여자는 분명 따지고 싶을 것이었다. 자신을 왜 아동학대범으로 만드느냐고 목소리를 높이고 싶을 게 분명했다. 병원에 항의하겠다며 그를 몰아세우고 협박을 할지도 몰랐다. 중혁은 그녀를 상대하고 싶지 않았다.

"영우, 입원하나요?"

중혁의 등 뒤에 대고 영우의 엄마가 질문을 내던진 순간, 중혁은 온몸에 소름이 돋았다. 이 여자에게 지금 중요한 게 그건가? 자신을 아동학대범으로 의심한 것보다?

중혁이 뒤를 돌아보자 영우 엄마가 빠르게 다가왔다.

"저 영우 학대하지 않았어요. 그런 사람 아니에요."

"그런 말씀은 경찰이랑 하시죠."

중혁이 다시 돌아서자 영우 엄마가 다급히 중혁

의 팔을 잡았다. 중혁은 더러운 것이라도 묻은 듯 그녀의 손을 뿌리쳤다. 그러고는 무서운 눈으로 여자를 노려보았다. 영우 엄마가 간절한 눈으로 그를 보았다.

"선생님, 저 좀 도와주세요."

중혁이 인상을 찡그렸다. 이 여자가 지금 무슨 소리를 하려는 건지 짐작되지 않았다.

"우리 영우 좀 살려주세요."

"지금 대체 무슨 소리를 하는 겁니까?"

"저 한 번만 믿어주세요."

영우 엄마는 양손을 모아 중혁을 향해 빌었다. 여기저기 하얗게 튼 거친 손이었다.

5

아이는 눈을 뜬다. 아직 엄마는 오지 않았다. 엄마가 오면 퇴원해야 할지도 모른다. 아까 의사 선생님이 크게 안 좋은 건 아니라고 했으니까.

아이는 침대에서 몸을 일으킨다. 작은 신발을 구겨 신은 채로 링거대를 끌고 복도 쪽으로 나간다. 간호사와 의사들이 이리저리 바쁘게 움직이고 있다. 아이를 신경 쓰는 사람은 없다. 덩치 큰 간호사 한 명이 아이를 흘깃 보기는 하지만 그대로 지나친다. 그저 아이가 화장실에 간다고 생각하는 것이리라. 아이는 조금 더 걸어 앞으로 나간다.

"은희 쌤!"

어딘가에서 다급한 목소리가 울린다. 너스 스테이션에 앉아 있던 간호사가 대답을 하며 벌떡 일어나 소리가 난 쪽으로 달려간다. 너스 스테이션은 때마침 비어 있다. 아이는 자신이 운이 좋다고 생각한다.

아이는 몸을 낮추고 너스 스테이션 안으로 들어간다. 조금 전 은희라 불린 간호사가 앉아 있던 의자 밑에 흰색 상자가 놓여 있다. '의료용 폐기물'이라고 적힌 글씨를 아이가 읽는다. 아이는 그 안에 손을 넣는다. 아이가 원하던 주사기가 바로 손에 잡힌다. 아이는 재빨리 몸을 뺀다.

아이가 복도에 다시 섰을 때, 아까 그 간호사가 돌아온다. 아이의 손에 들려 있던 주사기는 이미 주머니에 들어갔기 때문에 간호사는 아무것도 알지 못한다. 아이는 화장실로 향한다. 간호사는 아이를 부르지 않는다.

아이는 화장실에 들어가자마자 세면대의 마개를 막고 물을 받는다. 절반 정도 찼을 때 물을 잠그고 세면대 위에 놓여 있던 손 세정제를 물에 가득 풀어낸다. 물 위에 거품이 뜨자 그걸 손으로 젓는다. 물이 부예진다.

아이는 주사기를 꺼낸다. 아이는 그걸 사용할 줄 안다. 이미 여러 번 사용해봤다.

아이가 손 세정제가 풀어진 물을 주사기에 가득 담는다. 그러고는 팔을 뻗어 링거 팩 중간에 바늘을 찔러 넣는다. 아이가 주사기의 피스톤을 누른다.

순간, 그 손을 잡는 사람이 있다.

중혁은 영우의 손을 잡고 자신을 올려다보는 작은 얼굴을 황망하게 내려다보았다. 그리 놀라거나 당황한 표정이 아니었다. 그저 자신의 방해자를 보는 얼굴이었다.

"뭐 하는 거야?"

중혁이 영우의 손에서 주사기를 간단히 빼앗았다. 영우는 중혁에게서 다시 주사기를 찾기 위해 팔을 휘적였다. 중혁은 주사기를 든 팔을 위로 들었다. 영우가 이번엔 중혁의 팔에 매달렸다.

"내놔요!"

중혁은 팔을 올린 채로 주사기에서 바늘을 잡아뺐다. 그러고는 자신의 주머니에 그것들을 넣었다. 영우가 가슴을 씨근덕거리며 중혁을 노려보았다. 중혁은 미간을 찌푸리며 그 얼굴을 들여다보았다.

속았다. 아니, 속은 것이 아니다. 눈이 가려져 있었다. 제대로 보고 있다고 생각했는데 색안경을 끼고 있었다. 과거라는 이름의 색안경. 자신이 당한 것을 아이도 당하고 있다고 생각했다. 자신이 겪은 모정을 일반화했다.

아이는 거짓말을 하지 않는다고 생각했다. 아이는 집에 가기 싫다고 했다. 집에 가기 싫은 이유가 있을 것이었다. 그 원인이 아이의 엄마라고 생각했다. 크고 작은 멍들을 의사로서 놓치지 않아야 했다. 의사기 때문이었는지 어린 시절 학대를 받았던 사람이기 때문이었는지 이제 명확하지 않다.

아니다. 아이는 거짓말을 하지 않는다. 그 생각은 틀리지 않았다. 영우는 거짓말을 하지 않았다. 중혁은 영우가 입원했을 때를 떠올렸다.

"기분은 어때?"

"좋아요."

"그래도 아직 퇴원은 못 하는데 어쩌지? 염증 수치가 훨씬 낮아져야 해."

"괜찮아요."

그렇게 말하는 영우의 표정은 밝았다.

"입원하고 싶어요."

"왜 입원하고 싶은 거야?"

"집에 있기 싫어서요."

"팔에 이건 누가 그런 거니?"

"제가요. 넘어졌어요."

중혁은 아랫입술을 깨물었다. 그는 영우의 엄마가 대리 뮌하우젠 증후군이라고 생각했다. 아이를 아프게 해 동정을 받으려는 줄 알았다. 하지만 아니었다. 관심을 끌기 위해 계속 아픈 척을 하는 질병, 뮌하우젠 증후군. 거기에 걸린 것은 아이였다.

영우의 엄마는 아이가 베란다에서 발견됐다는 이야기를 듣고 모든 상황을 파악했다. 그동안 자꾸 넘어져 다친 것도, 수시로 감기나 폐렴에 걸린 것도 이상하다고만 생각해왔는데 이제야 그것이 모두 영우가 벌인 일이라는 걸 알았다. 그래서 아동학대로 신고한 중혁에게 화를 내기보다는 도움을 요청한 것이었다.

중혁은 영우의 행동을 보기 위해 일부러 영우를 혼자 있게 했다. 그 결과 영우는 입원하기 위해 또다시 이물질을 링거액에 넣으려 했다. 이전에도 몇 번씩 그랬을 것이다. 너무나 자연스러운 태도를 보면 분명했다.

"도대체 왜 그랬니?"

영우는 입을 꾹 다문 채 고집스러운 얼굴을 하고 있었다.

"왜 그랬는지 말해!"

중혁이 다그치자 아이의 얼굴이 붉게 달아올랐다. 눈물을 꾹 참고 있었다.

"엄마한테 말하지 마세요."

"네가 말하지 않으면 네 엄마를 경찰에 신고할 거야."

영우가 놀란 눈으로 중혁을 보았다.

"널 제대로 돌보지 않았으니 그것도 아동학대야. 그럼 엄마는 처벌받을 거야."

"그럼 엄마가…… 교도소에 가나요?"

"그래."

영우의 입술이 부들거렸다.

"말하고 싶지 않으면 하지 않아도 돼."

중혁은 영우를 혼자 둔 채 화장실에서 나가려 했다.

"제가 그랬어요!"

중혁이 돌아보았다.

"다 제가 그랬어요. 감기에 걸리려고 매일 옷 벗고 베란다에 나가 있고, 일부러 계단을 굴렀어요."

"대체 왜……."

"아프면 엄마가 옆에 있어주니까."

중혁은 눈을 질끈 감았다. 죄지은 듯 고개를 푹 숙인 아이의 떨리는 어깨가 너무나 시리게 느껴졌다.

영우의 엄마는 영우를 혼자 키운다고 했다. 여자 혼자의 몸으로 아이를 키우는 건 버거웠다. 아이를 키우기 위해 아이를 혼자 두는 시간이 길어졌다.

처음엔 아마 진짜였을 것이다. 병이 난 영우를 엄마가 옆에서 따뜻하게 살폈을 것이다. 이마를 만져주고, 안아주고, 돌보았을 것이다. 그 시간이 너무나 달콤해 아이는 자신을 해치기 시작했던 것이다.

이제 중혁이 해야 할 일은 명확했다. 정신건강의

학과에 협진 요청을 넣어 아이를 진료받게 해야 했다. 그리고 영우 엄마에게는 사과해야 했다. 아동학대범으로 오해했던 점을 말이다. 마음이 무거웠다. 사과해야 해서가 아니었다.

 영우의 엄마는 공사장에서 미장일을 한다고 했다. 온몸에 시멘트먼지를 뒤집어쓰고 달려온 영우의 엄마, 아이를 간호하느라 일을 나가지 못해서 머리를 조아리고 사죄하느라 주변의 시선 따윈 아랑곳하지 않던 그 여자에게 아이를 잘 돌보라고 말해야 한다. 살기 위해 허덕이는 사람에게 당신 때문에, 당신에게 관심을 받으려고 아이가 계속 병을 얻는 거라고 말해야 한다. 그 말을 들을 영우 엄마의 얼굴을 떠올리자 중혁은 어딘가에 갇힌 것처럼 갑갑한 마음이 되었다.

드림카

마이바흐는 인우의 드림 카였다. 이 차를 꿈꿀 때도 그 꿈이 이뤄질 거라 생각한 적 없었다. 하지만 단 이 년의 투자로 그는 자신의 드림 카를 손에 넣었고, 그 정도는 껌값도 되지 않을 정도의 막대한 부를 이뤘다. 차는 지방 도시의 괜찮은 브랜드 아파트 한 채 값이었지만, 인우는 그것을 일시금으로 구입했다.

그는 부드럽게 액셀러레이터를 밟았다. 차는 민감했다. 그의 작은 움직임 하나에도 크게 반응했다. 그러면서도 부드러웠다. 시속 180킬로미터로 밟아도 승차감은 편안했다. 속도를 온몸으로 느끼며 그는 음악

플레이 버튼을 눌렀다. 평소엔 잘 듣지도 않는 모차르트의 곡이 흘러나왔다. 실은 곡 제목도 잘 알지 못했다. 그러나 이 차의 음질을 느끼려면 이만한 곡도 없었다. 그리고 자신의 위치쯤 되면 이 정도 수준의 음악은 들어줘야 한다는 생각이 들었다. 그렇게 생각하니 이 낯선 행위들이 그리 나쁘지 않았다.

음악에 젖어갈 무렵 볼륨이 확 줄면서 모차르트와는 전혀 다른 음악이 튀어나왔다. 자동차에 연결된 휴대폰이 벨소리를 울린 것이었다. 마이바흐의 디스플레이에 '김창섭'이라는 이름이 떴다. 인우는 나직한 한숨을 쉬었다.

인우가 부를 이룬 다음 그를 대하는 사람들은 딱 두 부류로 나뉘었다. 한 부류는 그가 부러워 질투 어린 시선을 보내며 멀리했고, 다른 부류는 그에게서 콩고물이라도 떨어질까 하여 매일같이 전화를 걸어왔다. 창섭은 후자일 것이다.

전화를 받지 말까 하다가 인우는 고개를 가볍게 저으며 손가락을 뻗어 디스플레이를 터치했다.

"여보세요."

인우가 말을 하기도 전에 스피커에서 목소리가

터져 나왔다. 잠시도 기다리기 힘든 사람 같았다.

"어, 창섭아."

그는 아주 느긋한 목소리로 말했다.

"나 지금 운전 중인데, 무슨 일이야?"

"저……."

어떤 말로 부탁을 시작해야 할지 고르는 듯 창섭은 한참이나 우물거렸다. 아무리 그래봐야 그는 창섭에게 돈을 빌려줄 마음이 없었다.

인우는 알고 있었다. 창섭을 비롯한 고등학교 동창들이 자신을 어떻게 보고 있는지. 그들은 늘 인우를 무시했다. 대학도 나오지 못하고 공장에서 일하는 그를 제대로 대해준 사람은 한 명도 없었다. 동창회에 나가도 그들은 인우를 그림자 취급했다. 그들 사이에 끼고 싶어도 낄 수 없었다. 인우는 그들이 하는 말을 채 절반도 알아듣지 못했다. 대기업에 다니거나 의사가 된 녀석들의 대화는 그들만의 언어로 이루어졌다. 그래도 동창회에 계속 참석했다. 언젠가는 성공해 그들의 코를 납작하게 눌러주리라 생각했다. 그리고 드디어 그때가 온 것이다.

"나 돈 좀 빌려줄 수 있어?"

"왜? 무슨 일 있어?"

"사실은……."

창섭은 한참을 더 우물거리다가 힘겹게 말을 꺼냈다. 그가 운영하는 회사에 투자를 해달라는 부탁이었다. 창섭은 화장품을 만드는 중소기업을 운영하고 있었다. 국내에서는 알려지지 않은 브랜드라 잘 팔리지 않았지만 해외에서는 제법 찾는 것 같았다. 그런데 자금줄이 막혀 공장을 가동할 여력이 없다고 했다. 이번 한 번만 도와주면 해외에 수출해 금방 돈을 갚을 수 있다고 했다.

"내가 안 도와주면?"

"어?"

당황한 듯한 창섭의 목소리에 인우는 여유롭게 물었다.

"부도나는 거야?"

"그, 그렇지."

인우는 벙긋 웃었다. 마이바흐의 룸미러에 자신의 얼굴을 비춰 보았다. 한껏 자신감 있는 얼굴에 만족감이 부풀어 있었다.

"빌려줄게."

"정말?"

"나 아니면 네가 어디서 빌리겠냐? 내가 없는 놈도 아니고. 그래서 얼마나 필요한데?"

"십억."

인우는 코웃음을 쳤다.

"그 정도 가지고 뭐 그렇게 어렵게 말을 해. 걱정 마, 빌려줄 테니까. 문자로 계좌 찍어."

"정말 고맙다, 인우야."

"별말씀을."

인우는 전화를 끊었다. 몇 초도 지나지 않은 것 같은데 메시지 수신음이 들렸다. 창섭이 보낸 계좌번호였다. 그는 한 손으로 운전대를 잡고 나머지 한 손으로 조수석에 던져둔 휴대폰을 집어 들었다. 그러고는 앞을 힐끔거리며 휴대폰을 조작해 창섭의 전화번호를 수신 차단했다.

그는 조소를 짓고는 흥얼거렸다. 도움받을 거라 기대했다가 당하는 거절은 더한 수치심을 동반하기 마련이다. 자괴감에 치를 떨 것이다. 그런 상상을 하니 기분이 좋아졌다.

그는 입을 오므려 휘파람을 불었다. 그때였다.

"뭐야!"

그의 마이바흐가 찢어지는 소리를 내며 고속도로 이차선에 급정차했다. 뒤따라오던 차들이 경적을 울리며 지나갔다. 사고가 나지 않은 건 다행이었지만 지금은 그런 생각도 들지 않았다. 그는 머리를 박고 있던 핸들에서 천천히 고개를 들었다. 그가 통과했어야 할 터널이 앞에 있었다. 차들은 그 속으로 빨려들 듯 들어가고 있었다.

인우는 두 눈을 크게 뜨고 터널 옆을 보았다. 상체를 앞으로 쭉 뺀 뒤 터널 쪽을 응시했다. 아무것도 없었다.

'잘못 본 건가.'

심장이 크게 두근거렸다. 잘못 봤다고 하기엔 너무 또렷했기에 몇 번이나 눈을 비비고 확인했다. 여전히 별다른 건 없었다. 하지만 그는 분명 보았다. 터널 옆에 선 여자를.

여자는 흰 원피스를 입고 서 있었다. 풀어헤친 머리는 사방으로 흩날렸다. 얼굴 한구석이 함몰되어 있었고, 그 흉물스러운 상처를 따라 피가 줄줄 흘러내리고 있었다. 피는 여자의 흰 원피스를 적시고 가느다란

다리를 따라 바닥까지 흘러내렸다. 여자는 신발도 신지 않은 채였다.

　　인우는 놀란 가슴을 가라앉히며 비상 깜박이를 켜고 갓길에 차를 댔다. 그러고는 차에서 내려 주변을 둘러보았다. 여자가 금세 사라질 만한 곳은 보이지 않았다. 터널 옆쪽 역시 사람이 서 있을 만한 공간은 없었다. 가만히 생각해보니, 진짜 여자가 서 있었다면 자신만 봤을 리가 없었다. 다른 차들은 다 아무렇지도 않게 그곳을 지나쳤다. 잘못 본 게 분명했다.

'그럼 그렇지.'

　　인우는 절레절레 고개를 저으며 다시 마이바흐에 올라탔다. 시동을 켜자 차체가 가볍게 진동했다. 차를 출발시켰다.

　　터널을 지나면서 룸미러로 뒤쪽을 보았다. 희끄무레한 무언가가 입구 쪽에서 보인 것 같았다. 다시 확인하기 위해 뒤를 돌아보려는데 전화가 걸려왔다. 마이바흐 디스플레이에 '혜란'이란 글자가 떠 있었다. 통화 버튼을 눌렀다.

"오빠 언제 와?"

"지금 가고 있어."

"와! 나 진짜 오늘 마이바흐 타보는 거야? 대박!"

"이따 봐."

황홀해하는 여자의 목소리를 들으며 인우는 다시 룸미러로 뒤쪽을 보았다.

"으악!"

두 눈이 동굴처럼 검고 피투성이가 된 얼굴의 여자가 룸미러 안에 가득 차 있었다. 여자는 마치 차의 뒤쪽에 붙어 안을 들여다보는 듯했다. 그는 반사적으로 고개를 돌려 뒤를 보았다. 아무것도 없었다.

심장이 미친 듯이 뛰었다. 호흡도 가빠졌다. 식은땀이 흘렀다. 잘못 본 거라고 넘기기에는 그 잔상이 짙게 남았다. 인우는 가까스로 터널에서 빠져나와 차에서 내려 뒤쪽으로 가보았다. 당연히 사람이라곤 없었다. 이곳은 고속도로였다. 사람이 서 있을 만한 데가 아니었다. 게다가 도로를 뒤덮은 눈 위에는 인우의 차량 바큇자국과 그의 발자국만이 선명하게 남아 있었다.

차로 돌아왔지만 인우는 도무지 진정되지 않았다. 아까 터널 진입 전에도, 방금 차의 뒤편에서도 분명 여자의 모습을 보았다. 아무래도 잘못 본 게 아닌 것 같다는 생각이 떨쳐지지 않았다. 인우는 성마른 손으로 블랙박스 버튼을 조작했다. 전방 카메라에 녹화된 영상을 터널 통과 전으로 되감았다. 곧이어 블랙박스 화면에서 터널이 보이자 영상을 플레이시켰다.

차는 전진하다 터널 앞에서 급정거했다. 영상 속에는 자신의 비명 같은 외침이 들어 있었다. 잠시 후 차가 갓길로 빠졌다.

분명 여자를 봤다. 아니, 봤다고 생각했다. 하지만 영상 속에는 여자의 모습이 없었다.

인우는 후방카메라도 확인했다. 차에 달린 블랙박스는 시동을 꺼도 녹화가 되었다. 그러나 그 영상에서도 여자의 모습을 확인할 수는 없었다.

'역시 잘못 본 거야.'

인우는 고개를 세차게 내젓고 나서 다시 시동을 켰다. 그리고 차를 출발시켰다. 가는 동안 몇 번이나 룸미러로 뒤쪽을 보았지만 더 이상 여자의 모습은 보이지 않았다. 자신의 기운이 허해진 탓이라 생각하며 운전에 집중했다.

혜란의 집 앞에 도착했을 때는 해가 산 너머로 기울어지고 있었다. 혜란은 추운 날씨에도 몸에 달라붙는 미니스커트 차림이었다. 무릎 아래까지 오는 부츠를 신고 있었지만 그게 추위를 막아줄 것 같지는 않았다. 대신 상의로는 모피 코트를 입고 있었는데, 그것이 상당히 부해 언밸런스했다. 그녀가 입고 있는 모피 코트는 인우가 한참 돈이 없던 시절에 사준 것이었다. 당연히 페이크 모피였다. 하지만 혜란은 진짜로 알고 있었다. 인우는 이제 여유로워졌으니 새로 하나 사줘야겠다 싶으면서도 가짜인지 진짜인지 구분도 못 하는 혜란에게 진짜를 사주기에는 아깝다는 생각도 들었다.

제 자신을 그러안듯 양팔을 교차해 겨드랑이에 끼고 추위에 떨며 종종거리고 있던 혜란이 인우의 차를 발견하고는 입을 헤 벌렸다. 인우가 조수석 창문을 열자 금세 차에 들러붙었다.

"오빠, 차 진짜 멋있다!"

인우가 무슨 대답을 하기도 전에 혜란은 꺅꺅거리며 차를 구경했다. 그런 모습을 보는 인우의 입꼬리가 슬며시 올라갔다. 기분이 좋은 걸 보니 이런 반응을 기다렸던 듯하다. 그는 괜스레 무덤덤한 말투로 말했다.

"얼른 타. 춥다."

"응, 오빠!"

잔뜩 신이 난 혜란이 조수석에 올라탔다. 그녀

의 싸구려 향수 냄새가 코를 찔렀다. 인우는 인상을 찡그리지 않도록 애쓰면서 혜란 쪽으로 몸을 돌렸다. 혜란이 그의 목을 끌어안았다.

"오빠, 진짜 보고 싶었어."

혜란이 인우의 입술에 쪽 소리가 나도록 입을 맞췄다. 그러고는 즉시 몸을 떼고서 차 내부를 여기저기 둘러보았다.

"오빠, 이거 얼마짜리야?"

이 차의 성능이 어떤지보다 얼마짜리인지가 더 중요한 혜란의 안목이 한심했다. 그럼에도 인우는 입술 끝을 끌어 올렸다. 사실은 받고 싶던 질문이기도 했다.

"삼억쯤 해."

"삼억?"

혜란의 목소리가 비명처럼 들렸다. 인우는 아무렇지도 않은 듯 웃었다.

"자, 승차감 한번 확인해봐야지?"

"너무 좋아!"

혜란이 재빨리 안전벨트를 맸다. 인우가 시동을 걸었다. 마이바흐가 으르렁 울었다. 몇 번을 들어도 기분 좋은 소리였다. 이윽고 인우는 차를 출발시켰다.

혜란과는 삼 년을 넘게 만난 사이였다. 삼 년 전 인우는 일하던 공장에서 발령을 받아 어쩔 수 없이 가족과 떨어져 이곳 영인으로 내려왔다. 그 정도면 그만두라는 소리 아니냐며 주변에서 대신 화를 냈지만, 그의 불행을 진심으로 속상해하는 친구는 없었다. 서울에서 네 시간이나 떨어진 이곳 영인에 처박히기는 싫었지만 인우로서는 다른 방법이 없었다. 그는 학창 시절에 나쁜 친구들과 어울려 이런저런 사건에 휘말리는 바람에 소년법 10호 처분을 받고 소년원에 다녀온 전력이 있었다. 그 후로 고등학교만 겨우 졸업했다. 그런 학력으로 취업할 만한 데는 많지 않았다. 공장도 외삼촌을 통해 겨우 들어온 것이었다. 그만둔다면 또 어디로 취업을 해야 할지 막막했다.

억지로 내려온 영인이었지만 인우는 여기서 혜란을 만났다. 혜란은 영인 시내에 있는 룸살롱에서 일했다. 주로 영인 공단에서 일하는 외국인근로자들을 상대했다. 워낙 좁은 동네라 한국인과 잘못 엮였다가는 그들의 아내에게 머리채를 잡히는 일이 비일비재하다고 했다. 오후 다섯시에 공장이 끝나면 인우는 혜란이 있는 룸살롱으로 자주 향했다. 아는 사람 하나 없는 시골이라 할 일이 없었던 탓이다. 처음엔 술만 마시다가 2차를 몇 번 나갔다. 그러다 개인적인 사이로 발전했다. 우물 안에 갇힌 개구리 신세의 인우에게 혜란은 숨통을 트여주는 여자였다.

"승차감 죽인다."

인우가 운전하는 내내 혜란은 그의 한쪽 팔에 매달려 있었다. 인우는 차를 영인산 공원 쪽으로 몰았다. 늦은 시간대면 인적이라곤 찾아볼 수 없는 곳이었다. 게다가 워낙 추운 날씨라 더더욱 나올 사람이 없다.

인우가 차를 세우자 뭔가 생각에 잠겨 있던 혜란이 정면을 보면서 말했다.

"오빠, 나 이대로 둘 거야? 나 이 년이나 기다렸어. 그리고 오빠가 이렇게 부자가 된 데에는 내 아이디어가 한몫했잖아. 이제 와서 나 몰라라 할 건 아니지?"

혜란이 무슨 말을 하고 싶은지 인우는 알았다. 혜란은 인우가 이곳에서 자신을 꺼내줄 거라고 생각했다. 인우 역시 혜란을 그런 곳에서 계속 일하게 하고 싶지 않았다. 자신의 곁에 두고 싶었다. 매일같이 그녀의 가슴에 얼굴을 파묻고 싶었다. 하지만 지금은 그 마음이 없어졌다. 자신의 상황이 바뀐 것이다.

그렇지만 마음의 변화를 이야기할 타이밍이 지금은 아니었다. 오늘 자신에게는 그녀가 필요했다.

"당연히 아니지."

"정말?"

재차 묻는 혜란을 향해 인우는 대답도 없이 몸을 붙였다. 손으로는 다급히 혜란의 블라우스 단추를 풀었다. 브래지어를 하지 않은 풍만한 가슴이 덜렁 그의 손아귀에 잡혔다. 손으로 으깨기라도 할 것처럼 막무가내로 그녀의 가슴을 만지면서 입술을 얼굴께로 옮겼다. 혜란이 목을 한쪽으로 기울였다. 훤히 드러난 하얀 목에 입술을 박고 그녀의 살냄새를 들이켰다. 혜란의 가슴이 천천히 오르락내리락하며 호흡이 거칠어졌다. 그는 자연스럽게 그녀의 위로 몸을 겹치면서 한 손으로 조수석 등받이 레버를 잡아당겨 혜란을 눕혔다. 몸을 포개려는 그의 가슴을 혜란이 밀었다.

"여기서 하게?"

인우가 느끼하게 웃었다.

"승차감 확인해보기로 했잖아."

그 말에 혜란이 깔깔 웃으며 인우의 목 뒤로 팔을 둘렀다. 인우가 조수석으로 넘어가며 한 손으로 자신의 바지 버클을 풀었다. 그러자 혜란도 미니스커트 아래로 팬티를 내렸다. 혜란은 인우의 눈을 자극적으로 쳐다보며 한 손가락에 걸친 팬티를 빙글빙글 돌리더니 뒷좌석으로 던졌다. 인우는 혜란의 한쪽 다리를 들어 자신의 허리춤에 걸쳤다. 그리고 그녀의 안으로 들어가려 할 때였다.

혜란이 비명을 질렀다. 얼마나 날카로운 소리였던지 인우도 어깨를 움찔거렸다. 혜란은 흐트러진 옷을 끌어당긴 다음 두 손으로 얼굴을 가렸다.

"왜 그래?"

인우의 물음에 혜란은 손가락으로 앞 유리창을 가리켰다.

"저기서 누가 들여다봤어."

인우가 뒤돌아보았다. 앞 유리창은 두 사람의 열기로 뿌옇게 김이 서려 있었다. 게다가 인우의 차는 선팅도 짙게 되어 있는 편이었다.

"아무도 없는데 뭔 소리야."

"분명히 사람 실루엣이 보였다고."

"사람 없어. 그리고 있다고 해도 안 보여."

인우는 혜란을 향해 다시 자세를 잡았다. 그러

나 혜란이 그를 거칠게 밀어냈다.

"난 신경 쓰인단 말야!"

인우가 짜증스럽게 머리를 긁었다. 이런 곳에, 그것도 이런 시간에 누가 있다고 그러는지 알 수가 없었다. 분명 나무의 그림자를 잘못 봤을 터였다. 그리고 만약 사람이 있다고 한들 그게 무슨 대수인가 싶었다. 길가에 세워진 차가 들썩이면 자신 같아도 재미로 들여다볼 것 같았다. 심지어 바깥에서는 안이 보이지도 않는 유리였다. 인우는 지금 자신의 욕정을 분출하는 것 외에는 관심이 없었다. 그렇지만 혜란은 다른 듯했다. 인우가 설득해도 이대로라면 다리를 벌리지 않을 것이었다. 인우는 혜란에게서 몸을 일으켜 바지를 추켜올리고 조수석 문을 열었다. 그러고는 차에서 내려 보닛 앞으로 향했다. 역시 아무것도 없었다.

"아무도 없어?"

혜란이 조수석 창문으로 머리를 내밀며 물었다.

"없어. 네가 잘못 본 거야."

불퉁한 소리를 내며 인우가 고개를 돌릴 때였다. 뭔가가 인우의 시선을 잡았다. 보닛 위에 희미한 손자국 같은 게 있었다. 차가운 공기와 따뜻한 손 열기의

온도차 때문에 생기는 자국이 명백히 찍혀 있었다. 정말 누군가 차 안을 들여다봤단 말인가? 인우는 주변을 한 번 더 돌아보았지만 사람을 발견할 수는 없었다.

그사이에 도망갈 수 있었을까? 산으로 향하는 뻥 뚫린 길을 보며 인우는 의아함에 고개를 갸웃했지만 깊이 생각하지 않기로 했다. 남의 정사를 훔쳐보는 악취미가 있는 놈은 어디라도 있게 마련이었다. 하지만 손자국에 대해 혜란에게는 말하지 않기로 했다.

인우는 다시 조수석으로 몸을 들였다. 엉거주춤하게 혜란과 마주 보는 자세가 되었다.

"아무것도 아니래도."

인우는 혜란의 어깨를 밀어 눕게 했다. 혜란은 주변을 둘러보며 못 이기는 척 누웠다. 인우는 다시 그녀의 몸 위로 올라갔다.

혜란의 몸은 조금 차가워져 있었다. 하지만 부드러운 살결은 여전했다. 식어버린 자신의 몸도 금세 달아올랐다. 그녀의 상의를 완전히 젖혔다. 마이바흐의 조명 아래 그녀의 몸이 여실히 드러났다. 그는 단숨에 그녀의 안으로 들어갔다. 혜란이 거친 신음을 내뱉었다. 인우는 혜란의 몸 위에서 열심히 움직였다. 침대 위에서 갖는 관계보다 편하지는 않았지만 그보다 더 자극적이었다. 오늘 밤 몇 번이라도 할 수 있을 것 같았다.

그가 충족감에 달아오를 만큼 달아올라 있을 때였다. 혜란의 몸이 순식간에 딱딱하게 굳었다. 좀처럼 없는 일이었다.

"왜 그래? 좀 움직여."

혜란은 대답이 없었다. 인우는 뭔가 이상하다 싶어 상체를 일으켜 혜란의 얼굴을 보았다. 운전석 쪽으로 고개가 향한 혜란이 눈을 휘둥그렇게 뜬 채 입을 크게 벌리고 있었다. 목에서는 걱걱거리는 이상한 소리가 났다.

"왜 그래?"

인우가 재차 물었지만 혜란은 대답하지 못했다. 그녀는 양쪽팔을 부들거리며 위로 들어 올렸다. 그러고는 자신의 목을 마구 긁기 시작했다. 마치 목에 걸린 줄을 끊어내기라도 하려는 것처럼 보였다. 어느새 그녀의 목에는 뻘건 생채기가 난 것도 모자라 핏방울이 맺히기 시작했다. 인우가 혜란의 양손을 잡았다.

"대체 왜 이러는 거야!"

그래도 소용없었다. 희멀겋게 뜬 눈은 이 세상

사람의 것이 아닌 것 같았다. 인우에게도 두려운 마음이 찾아들었다. 그는 두려움을 떨쳐내려 더욱 힘주어 혜란의 뺨을 쳤다.

곧 혜란의 손이 우뚝 멈췄다.

"괜찮아?"

뒤로 거의 넘어갔던 혜란의 검은 눈동자가 인우를 향해 내려왔다.

"꺄아아아악!"

혜란은 비명을 내지르며 미친 듯이 인우를 밀쳤다. 그녀의 비명은 처절했다. 인우는 태어난 이래 그런 비명을 처음 들어보았다. 혜란은 조수석 문을 열고 미친 사람처럼 밖으로 몸을 굴렀다. 바닥에 떨어지자 재빨리 기어가며 몸을 일으켰다. 당황한 인우가 차에서 내렸으나 혜란은 뒤를 돌아보고는 더욱 거센 비명을 질러댔다. 신발도 없이, 온 가슴을 드러낸 채 산으로 난 길을 뛰어오르기 시작했다.

인우는 그녀의 이름을 불렀으나 혜란은 다신 돌아보지 않았다. 그는 지금 도대체 무슨 일이 일어난 건지 도저히 이해할 수 없었다. 흐트러진 머리를 뒤로 넘기며 주위를 둘러보았지만 마이바흐만이 으르렁거리고 있을 뿐이었다.

　　인우는 어쩔 수 없이 혜란의 뒤를 따랐다. 뛰다시피 걸음을 빨리해 혜란이 사라진 쪽으로 향했다. 그런데 혜란의 모습이 보이지 않았다. 몇 번이고 혜란의 이름을 불렀다. 돌아오는 건 나무에 부딪히는 자신의 목소리뿐이었다.

　　경찰에 신고해야 하는 건가? 갑자기 그런 생각이 들어 인우는 마이바흐로 돌아갔다. 그러고는 콘솔박스에 꽂아둔 휴대폰을 꺼내 들고 112를 누르다가 손가락을 멈추었다. 갑자기 등골에 서늘한 한기가 내려왔다. 인우는 보닛 앞으로 다가갔다. 아까 보았던 손바닥 자국이 어느새 사라져 있었다. 터널 앞에서 보았던 여자의 모습이 떠올랐다.

　　'내가 지금 무슨…….'

　　인우는 고개를 저었다. 그럴 리가 없었다. 지금은 21세기다. 귀신 따위 있을 리 없었다. 혜란은 헛것을 보았을 뿐이고, 자신 역시 예민한 시기라 무언가를 잘못 보았을 뿐이다. 그렇게 부정해봤지만 등골의 서늘함은 사라지지 않았다. 불쑥 무서운 생각이 들었다.

　　인우는 차 뒷좌석 문을 열어젖혔다. 아무렇게나

던져진 혜란의 핸드백과 팬티를 집어 바닥에 던졌다. 혜란은 정신이 돌아오면 어떻게든 알아서 집으로 돌아갈 것이었다. 이곳은 혜란이 잘 아는 지역이니 별일 있을 리 없었다. 게다가 경찰에 전화한다 한들 어떻게 설명한단 말인가. 여기서 무얼 했는지 설명하는 것도 문제지만, 혜란은 반나체 상태였다. 경찰이 산을 뒤져서 그 꼴인 혜란을 찾아내느니 차라리 뒤늦게 정신을 차려 알아서 집으로 가도록 하는 게 혜란을 위하는 일이라는 생각도 들었다. 그렇게 자신의 회피를 정당화하며 인우는 도망치듯 마이바흐에 올랐다. 드라이브에 기어를 넣기 무섭게 인우는 액셀러레이터를 힘주어 밟았다. 마이바흐가 산길을 출렁이며 내려가 도로에 합류했다.

그대로 달리다 인우는 깊은 안도의 숨을 내쉬었다. 도로에 들어서자 무서운 생각이 사라졌다. 지나가는 차들과 나란히 달리는 게 묘한 안도감을 주었다. 인우는 혜란에 대해 생각했다.

차라리 잘됐다는 생각이 들었다. 어차피 혜란을 자신의 인생에서 떨궈낼 생각이었다. 혜란은 분명 이별을 쉽게 받아들이지 않을 것이었다. 인우에게 생긴 돈에 악귀처럼 달라붙을 것이었다. 인우는 그것을 허락할 생각이 없었다. 한때는 혜란을 좋아하기도 했지만 그건 일탈에 가까웠다. 그리고 그때와 지금은 사정이 다르다. 자신에게는 어떤 여자라도 가질 수 있는 막대한 부가 있었다. 아무 남자와 쉽게 놀아나는 혜란의 성정을 모르지 않았다. 그런 그녀를 자신의 옆에 둘 생각이 없었다. 일이 이렇게 되고 보니 자신이 좋아한 건 혜란이 아니라 혜란의 몸이었다는 생각이 들었다. 혜란이 주는 잠깐의 달콤한 자유를 원했을 뿐이다.

인우는 운전하며 휴대폰을 조작해 혜란의 전화번호를 수신 거부 설정했다. 지금 임시로 있는 거처도 옮길 생각이었다. 남자라면 대도시에 한번 나가봐야 한다는 생각을 하고 있던 와중이었다. 그는 한강이 보이는 서울의 아파트를 하나 살 것이다. 그리고 거기에서 새로운 인생을 시작하려 한다. 그 인생에 혜란이 낄 자리는 없었다.

그런 생각을 하니 기분이 점차 좋아졌다. 무서운 생각들은 사라지고 자신의 앞날에 대해서만 생각하게 됐다. 가슴이 벅차올랐다. 한때 자신을 옥죄던 한 달 벌어 한 달 사는 인생은 이제 더 이상 없었다.

그때, 차에서 울리는 소리와 함께 인우는 생각

에서 벗어났다. 마이바흐가 띵띵, 경고음을 내고 있었다. 이 소리는 조수석에 탄 사람이 안전벨트를 매지 않았을 때 나는 소리였다. 인우는 반사적으로 옆을 보았다. 당연하게도 조수석은 텅 비어 있었다. 사람은 물론이고 물건 하나 없었다. 한겨울 얼음물 속으로 던져지듯 일순 몸이 뻣뻣해졌다. 숨이 가빠왔다. 그는 정면을 응시하며 아랫입술을 깨물었다. 다시 한번 옆을 보면 뭔가 앉아 있을 것만 같았다. 그 와중에도 경고음은 계속 울렸다.

눈앞에 졸음쉼터라는 글자가 보였다. 인우는 오른쪽으로 핸들을 틀어 졸음쉼터 안으로 들어갔다. 밤이라 그런지 졸음쉼터에 주차된 차는 한 대도 없었다. 그는 급브레이크를 밟았다. 차가 날카로운 소리를 지르며 멈추었다. 입이 바싹 탔다. 인우는 천천히 고개를 돌려 옆을 보았다.

역시나 아무것도 없었다.

그는 운전대를 잡은 채로 깊은 한숨을 쉬었다. 짜증이 울컥 치솟았다. 자신이 이렇게 바보 같은 생각을 하는 건 다 혜란 때문인 것 같았다.

인우는 마이바흐의 시동을 껐다. 경고음은 더

이상 들리지 않았다. 잠시 후 다시 시동을 켰다. 경고음은 역시나 나지 않았다. 그는 어이없어하며 웃었다.

이제 자동차는 단순한 기계 덩어리가 아니었다. 컴퓨터와 인공지능의 집약체였다. 그렇지만 기술 발전에 따른 여러 가지 오류도 생겼다. 전방에 아무것도 없는데도 계기판에 빨간불이 들어오며 추돌 주의 문구가 뜰 때도 있었다. 기계 부품의 이름이 하나하나 표시되며 오류라고 뜨기도 한다. 그럴 때는 컴퓨터를 재부팅하듯 시동을 껐다가 켜기만 하면 되었다. 이번에도 그런 경우일 것이다. 괜히 이상한 생각에 겁을 먹은 것이다.

'바보같이.'

인우는 다시 차를 출발시켰다. 마이바흐는 부드럽게 고속도로로 합류했다. 경고음이 다시 들리기 시작한 건 2킬로미터를 달리기도 전이었다. 인우는 인상을 썼다.

"대체 왜 이래?"

분명 차에 이상이 생긴 게 확실했다. 탄 지 일주일도 되지 않아 이런 문제가 생기다니 화가 치솟았다. 이게 얼마짜리인데. 일반 월급쟁이라면 꿈도 못 꿀 차였다. 수리해준다고 될 일이 아니었다. 새 차로 바꿔주지 않는다면 제대로 문제 삼을 생각이었다.

그렇지만 이대로 계속 운전해 갈 수도 없었다. 계속되는 경고음에 인우는 짜증이 솟구쳐 올랐다. 안 그래도 예민해져 있는데 소리까지 계속 들리니 화로 부푼 가슴이 터져버릴 것만 같았다. 그렇다고 갓길에 정차하기에는 위험했다. 어쩔 수 없이 다음 졸음쉼터까지는 가야 했다. 고속도로는 보통 15킬로미터 간격으로 졸음쉼터가 설치되어 있었다. 경고음에 예민해진 신경을 억누르며 인우는 액셀러레이터를 더욱 세게 밟았다.

얼마 후 드디어 졸음쉼터 표지판이 보였다. 인우는 차를 끝 차선으로 붙였다. 그때 뒤에서 달려오던 차량이 경적을 울렸다. 그러고는 속력을 높여 마이바흐 옆으로 와 나란히 달렸다. 그 차는 계속 경적을 울렸고 급기야 조수석 창문을 내렸다. 운전자는 남자였는데 인우를 향해 뭐라고 소리를 지르고 있었다. 자기 앞을 느닷없이 막았다고 뭐라 하는 것이 분명했다. 인우는 한쪽 손을 들어 보이고는 운전석 창을 닫았다. 맞대응하기 귀찮았다. 이럴 때는 그냥 스쳐 지나가는 게 나았다.

바로 앞에 졸음쉼터로 들어가는 표시선을 따라 인우는 핸들을 돌렸다. 차를 세우면서 사이드미러를 보니 조금 전 그 차도 뒤따라 들어왔다. 인우는 차에서 내렸다. 싸움을 걸면 받아줄 생각이었다. 주먹질이라도 해오면 최고의 변호사를 써 불에 데는 맛이 어떤 건지 보여주겠다고 생각했다.

그 차는 마이바흐와 조금 떨어진 곳에 멈춰 섰다. 운전석에서 내린 남자가 가까이 다가왔다. 그는 인우의 생각과는 달리 싸움을 걸어오지도, 삿대질을 하지도 않았다. 그저 마이바흐의 뒷부분을 유심히 들여다보았다.

"뭡니까?"

인우가 물었다. 남자는 인우의 얼굴을 흘깃 쳐다보고는 고개를 갸웃했다.

"어이구, 실례했습니다. 제가 뭘 잘못 봤나 보네요."

자신의 차로 돌아가려는 남자를 향해 인우가 물었다.

"뭘 봤다는 거예요?"

남자가 대답했다.

"뒤에 뭐가 매달려 있는 줄 알았는데 아니네요."

남자는 비굴한 웃음을 지으며 자신의 차로 돌아

갔다. 그러고는 곧장 시동을 켜고 졸음쉼터를 떠났다. 인우는 그 자리에 굳은 채 서 있었다. 정말 남자가 잘못 본 걸까?

아무래도 안 되겠다는 생각이 들었다. 상황이 이쯤 되고 보니 혜란이 미친 게 아닌 것 같다는 생각도 들었다. 혜란도, 조금 전의 그 남자도, 거기다 자신까지 잘못 볼 수는 없는 것이었다. 이 차는 재수가 없다. 당장에라도 교환을, 아니 버리더라도 상관없다는 생각까지 들었다. 인우는 차로 돌아갔다. 아무리 그런 생각을 했다 하더라도 고속도로 한복판에서 어쩔 수는 없는 노릇이었다. 가장 가까이에 있는 톨게이트에서 일단 빠져나가야겠다고 결정했다.

기분이 좋지 않은 채로 인우는 운전석에 앉았다. 그리고 시동을 걸었다. 경고음은 더 이상 울리지 않았다. 역시 잠깐 오류가 있었던 것일 수 있다. 그래도 이 차에는 이미 정이 떨어져버렸다.

차를 출발하려던 그때였다.

목덜미에 차가운 기운이 와 닿았다. 입안이 온통 얼어붙은 누군가의 한숨이 자신의 목덜미를 쏟아내리는 것 같았다. 온몸이 경직되었다. 그는 숨을 쉬지도 못했다. 뒤를 돌아보지도 못한 채 눈알만 굴려 룸미러를 보았다.

엉망이 된 머리가 얼굴을 반쯤 가리고 있는, 뻥 뚫린 한쪽 눈에서 핏물이 흘러내리고 있는 어떤 여자의 모습이 눈에 들어왔다. 터널에서 본 그 여자였다. 인우는 당장 차 밖으로 나가야 한다는 생각이 들었지만 어찌 된 일인지 몸을 꼼짝도 할 수 없었다.

그 순간 여자의 머리카락이 천천히 그의 목을 타고 앞으로 넘어왔다. 머리카락은 굉장히 뻣뻣하고 거칠었다. 인우는 입을 벌렸지만 비명이 나오지 않았다. 머리카락이 점점 그의 목을 조여왔다. 입이 벌어진 채로 머리가 뒤로 꺾였다. 운전석의 헤드가 없었다면 목이 완전히 넘어갔을지도 몰랐다.

"컥, 커억."

숨이 쉬어지지 않았다. 머리카락은 목을 조이는 걸로 성이 풀리지 않는 것 같았다. 머리카락이 점점 사방으로 흩어졌다. 그는 순간 불길함을 느꼈다.

"안 돼."

울 듯한 그의 목소리에도 머리카락은 스멀거리

며 움직였다. 그러고는 그의 눈과 입안을 쑤시며 들어갔다. 지독한 고통이 엄습했다. 관자놀이에 푸른 힘줄이 터질 듯 불거졌다. 그는 시뻘겋게 충혈된 눈으로 룸미러 속 여자를 보았다.

웃고 있었다.

인우는 정신이 아득해지면서 한 사람의 얼굴을 떠올렸다. 지금껏 자신의 주변을 맴돌던 그 여자의 환영. 곤죽이 된 그 얼굴을 왜 알아보지 못했는지 이해가 가지 않았다. 그건 아내의 얼굴이었다. 그런 생각이 채 끝나기도 전에 그의 의식은 암흑 속으로 빠져들어갔다.

인우의 시체가 발견된 것은 다음 날 새벽, 고속도로 순찰대에 의해서였다.

오늘 새벽 서울 방향 고속도로 졸음쉼터에 주차된 차량 안에서 시신이 발견됐다. 시신을 발견한 고속도로 순찰대의 신고를 받은 경찰은 정확한 사망원인을 파악하기 위해 국과수에 부검을 의뢰하는 한편, 폐쇄회로 등을 통한 조사 결과에서는 타살의 혐의점을 찾지 못했다고 밝혔다. 경찰은 사망자가 지난 2월 '84억 보험 아내 사망사건' 혐의에서 무죄를 선고받은 42세 김모 씨라고 밝혔다. 이로써 김모 씨가 수령한 84억의 보험금은 자녀에게 상속되어 아이를 돌보고 있는 외할머니 최모 씨가 재산 관리를 할 전망이다. 재판에서 줄곧 무죄를 주장해온 김모 씨는 대법원에서 살인 혐의에 대해서는 무죄, 졸음운전을 해 사고를 냈다는 김모 씨의 진술에 신빙성이 있다며 교통사고처리특례법상 치사죄의 금고 2년 형을 선고받아 법정구속 되었다가 얼마 전 출소하였다.

대서특필된 김인우의 사망 소식 때문에 그 아래 작게 난 여성의 사망 기사는 관심을 받지 못했다. 영인산에서 반나체로 동사한 채 발견된 여성의 소식이었다.

말은 안 되지만

어느 텔레비전 토크쇼에 열여덟 살 연예인이 나와 이런 말을 한 적이 있다.

"어느 날 아침 눈을 뜨니 어머나, 스타가 되어 있었어요."

어머나, 나는 말이 되어 있었다.

그렇구나. 말이 되었군.

일어나 침대에 앉아 몽롱한 정신에 머리를 양옆으로 푸드득 흔들었다. 벌어진 이 사이로 침이 후드득 날았다. 앉은 채로 어젯밤 마시다 대충 뚜껑을 덮어놓은 콜라를 페트병째 들고 마셨다. 말이 콜라를 마셔도 되나 싶었지만, 말이든 닭이든 뭔 상관일쏘냐, 하는 생각이 들었다. 하긴, 어느 날 갑자기 사람이 말이 되는 세상인데, 뭐.

일어났니? 아악!

비명이 방 안을 뒤흔들었다. 소프라노급 고음으로 귀를 찢을 것처럼 소리를 지른 엄마는 그 자리에 주저앉았다.

엄마는 돼지가 되어 있었다.

돼지 한 마리, 돼지 두 마리, 돼지 세 마리 그리고 말 한 마리. 동물 농장이 따로 없는 식구가 식탁에 둘러앉았다. 아빠는 꿀꿀, 하고 신음했는데 정말 꿀꿀한 표정이었다. 엄마는 간신히 정신을 차렸고, 하나뿐인 여동생은 발버둥 치며 울부짖고 있었다.

어떻게 우리 집에서 말이 나올 수가 있어! 나 이제 창피해서 학교도 못 가!

시끄러. 뭔가, 방법이, 있을 거다.

탁, 젓가락을 놓으며 아빠가 말했다. 더 드셔야지요, 엄마가 말했지만 아빠는 식욕이 당기지 않는다고 했다. 식욕이 당기지 않는 돼지는 처음 보았다.

나는 상관없어요.

내가 말했다, 입만 벌리면 푸르륵 올라가는 입술을 당기며 간신히. 그러나 아무도 쳐다보지 않았다. 엄마는 파리한 얼굴로 쓰러질 듯 쓰러질 듯 쓰러지지 않았고, 동생은 계속해서 비명같이 꿀꿀거리며 울었고, 아빠는 꿀꿀한 얼굴로 다시 젓가락을 집어 들었다.

아무도 내 말을 듣지 않는 것 같아, 나는 당근을 씹었다.

인간에게 변화의 시기는 한 번씩 온다. 하지만 그 시기는 천차만별이다. 우리 가족처럼 일가족이 한꺼번에 변화하는 경우도 있고, 한 학급이나 한 학교 혹은 한 마을이 동시에 변화하는 경우도 있다. 사춘기를 넘어서면서 변화하는 아이도 있고, 호호 할머니가 된 뒤에야 변화하는 사람도 있다. 이번에는 변화의 시기가 굉장히 대대적으로 찾아온 모양이었다. 뉴스에서는 연일 변화를 맞은 사람의 수가 역대 최고치를 기록했다고 보도했다.

덕분에 방송은 돼지 천국이었다. 뉴스를 진행하는 아나운서도, 노래를 하는 가수도, 학교의 선생님도 모두 돼지였다. 분명 어딘가에 말이 있을 텐데 보이지 않았다. 사회가 말의 존재를 원하지 않는 듯, 그들은 어딘가에 꼭꼭 숨겨진 모양이었다.

뭔가, 방법이, 있을 거다.

아빠의 말처럼 뭔가의 방법을 찾으면서.

나는 학교에 가지 못했다. 엄마의 명령 때문이었다. 나는 말이 된 것이 창피하지 않아요, 하고 말했지만 엄마는 다짜고짜 나에게 자루를 씌웠다. 정확히 말하자면 내 머리에 씌웠다.

그 자루가 머리에서 벗겨졌을 때 나는 병원에 와 있었다. 책상 너머에서 돼지 의사가 코를 벌름거리며 나를 응시하고 있었다. 가까스로 아닌 척하고 있었지만 잔뜩 미간을 찌푸리고 불쾌한 것을 쳐다보는 듯한 표정은 감추어지지 않았다.

이건, 정말, 말이로군요.

말이 안 돼요. 우리 집안에서 말이 나오다니. 선생님 제발 방법을 알려주세요.

의사는 잠시 고민을 하다 큰 소리로 물었다.

특진 넣으셨나요?

조금의 주저도 없이 엄마는 벌떡 일어나 접수대에 가서 특진이라는 것을 넣고 왔다. 문이 살짝 열렸을 때 분홍색 유니폼을 입은 분홍 돼지 간호사들이 수군거렸다.

어머, 진짜 말이야.

진짜 말을, 가짜 돼지로 만들기 위해 엄마와 의사는 머리를 모았다.

망아지로 보이게 하는 건 어떨까요? 어차피 그놈이 그놈인지라 약간의 시술만으로도 충분히 할 수 있을 거예요.

글쎄요. 선생님 말씀대로 말이나 망아지나 그놈이 그놈인데.

혐오감으로는 말이 훨씬 앞서지요.

그제야 나는 내가 와 있는 곳이 성형외과라는 것을 깨달았다. 나는 열심히 설명했다. 나는 돼지가 하나도 부럽지 않아. 말이라는 게 부끄럽지도 않고. 그냥 이대로 살면 안 되겠어? 나는 히잉 울부짖었고, 그때마다 이 사이로 침이 푸드덕 날았다. 말이 된 것도 나쁘지 않다는 것을 알리고 싶어 목을 길게 빼고 우아하게 고개를 저었다. 훌륭하다 싶을 정도로 부드럽고 아름답게 자란 털들이 영화처럼 공중을 휘저었다.

일단 저 흉한 털부터 밉시다.

나는 그날, 털 없는 말이 되었다.

다음 날 나는 자루에 씌워져 다시 병원으로 이동되었다. 이동되었다고 말할 수밖에 없는 이유는 네 명의 장정들에게 강제로 들려 나왔기 때문이다. 어젯밤 우리 집은 전쟁터나 다름없었다. 털이 박박 밀린 내 얼굴이 화근이었다.

저게 뭐야! 더 흉해졌잖아.

과도기일 뿐이에요.

과도기 같은 소리 하고 있네! 저렇게 흉한 건 내 생에 본 적이 없어.

그분은 돼지계 최고의 성형외과전문의란 말이에요.

돼지계 최고의 성형외과전문의는 나에게 주둥이 부분을 자르는 게 좋겠다고 말했다. 커다란 말의 뼈대 모형을 놓고 이 부분, 하고 말하며 주둥이를 가리켰다.

여기를 자르고 피부 미백을 해야겠어요. 경제적 능력이 안 되시면 미백은 급한 대로 화장으로 대체하고. 그렇게만 해도 가족은 안 되겠지만, 주변 사람들은 눈치채지 않고 넘어갈 수 있을 거예요.

이 양반이!

나는 벌떡 일어섰다.

합시다.

엄마의 대답에 나는 다시 털썩 주저앉았다. 어떻게 이럴 수가 있어, 하고 울부짖었지만 엄마는 통장 잔고를 확인할 뿐이었다.

나는 분노했다. 내 털을 밀어버리고, 주둥이를 자르고, 얼굴에 분칠을 해도 나는 말이었다. 털이 밀리고 주둥이가 잘린 채 얼굴에 분칠을 한 말이 될 터였다. 지금 이대로 말로 살면 안 돼? 나는 벌떡 일어나 울부짖었다. 엄마와 돼지계 최고의 성형외과전문의가 나를 멀뚱히 보았다. 내 눈에서는 눈물이 뚝뚝 떨어졌다. 그렇다. 나는 울고 있었다. 왜 나는 말이 되었을까. 차라리 동생처럼 꿀꿀거리는 돼지가 되었다면 우리 가족은 화목했을 텐데. 왜 나만 말이 된 거냐고. 하지만 이왕 된 건 어쩔 수가 없지 않은가. 그렇다면, 부모라면 감싸줘야지. 말이라도 당당하게 살 수 있도록 도와줘야지.

정신을 차리고 보니 나는 네 발로 주변의 의자를 차고, 테이블을 차고, 하늘이라도 찢어발길 듯한 하이킥으로 책상 위의 말 뼈대 모형을 걷어차고 있었다.

그길로 나는 가출을 결심했다. 진료실을 박차고 나올 때, 나는 돼지계 최고의 성형외과전문의가 혀를 차며 하는 말을 분명히 들었다.

저 상태에, 미치기까지 했으면 아무리 나라도 답이 없어요.

변호사 사무실은 번화가에 위치한 빌딩 팔층에 자리 잡고 있었다. 열심히 수소문해 무료 법률 상담을 해준다는 곳을 인터넷으로 예약하고 찾아왔다. 무료 변호라면 좀 허름한 건물에 있고 가난한, 그렇지만 힘없는 존재를 위해 싸워주는 분위기라고 생각했는데 정반대였다. 휘황찬란한 건물의 위용에 머뭇거렸다. 하지만 나는 이를 악물고 용기를 내보기로 했다.

주변을 둘러보자 아직 변화하지 않은 사람들이 공포 어린 눈으로 나를 쳐다보고 있었다. 나도 저렇게 되면 어떡하지? 하는 눈빛이었다. 그렇게 되어버린 나는 꿀꿀, 혀를 차는 돼지들 사이를 다그닥다그닥 걸어갔다.

일단 내 부모와 돼지계 최고의 성형외과전문의를 의료법 위반으로 고소하기로 했다. 내 부모에게는 학대죄 정도가 될 터였다. 인면수심, 아니 마면수심이라는 글자가 내 등허리에 들러붙는 한이 있더라도 나는 내 부모를 고소하기로 했다. 아무리 항거하고 발버둥 쳐도 내 부모는 기어이 나를 성형외과 침대 위에 눕혀 잠재울 터였다. 이미 나와 내 부모 사이에는 어떤 소통도 불가능한 상태라는 걸 나는 확신하고 있었다.

머리로 건물의 현관문을 밀고 들어가 엘리베이터 버튼을 눌렀다. 오층에 멈춰 있던 엘리베이터가 내려오는 것을 확인하며 나는 혹시, 하고 생각했다. 나는 말이고 내 부모는 돼지가 되었다. 그래서 내 항거도, 내 의사도 아무것도 들리지 않는 건 아닐까. 하지만 나는 부모와 여동생의 말까지 전부 알아들을 수 있잖은가. 생각 끝에 내린 결론은 하나뿐이었다.

그들은 애초에 내 말을 들을 생각이 없다.

엘리베이터가 일층에 도착해 문이 열렸다. 다행히 엘리베이터에 돼지가 있는 상황은 모면했다. 안은 비어 있었다. 돼지가 타 있었다면 분명 불쾌한 눈으로 나를 피하거나 침을 뱉었을 터였다. 꿀꿀, 하고 욕설을 뱉었을지도 모르겠다.

엘리베이터에 올라타 버튼을 눌렀다. 그런데 '8'

이라고 적힌 버튼이 눌리지 않았다. 자세히 보니 전기 절약을 위해 홀수 층만 운행한다는 안내문이 붙어 있었다. 할 수 없이 구층을 눌렀다. 구층에서 내려 한 층 아래로 내려오면 되니까.

하지만 막상 계단을 내려오려니 몹시 불편했다. 두 다리로 걸을 때의 버릇을 버리지 못해 네 개의 긴 다리가 제멋대로 여러 계단을 디디고 있었다. 차라리 돼지의 짧은 다리라면 한 계단씩 내려올 수 있었을 것이다. 이미 이 나라의 모든 시설은 돼지의 신체에 맞추어져 있었다.

기다리고 있었습니다.

전혀 기다리고 있지 않은 표정으로 변호사가 문을 열었다. 그도 돼지였다. 그는 보지 말아야 할 것을 본 듯한 표정으로 내 머리부터 네 다리까지 천천히 훑었다.

이건, 진짜, 말이군요.

변호사는 나를 상담실로 안내했다. 소파에 앉으라고 하려다가 내 신체 구조상 안 될 것 같다고 판단했는지 서서 이야기하자고 했다. 나는 최대한 차분히 모든 사실을 이야기했다. 꽤 논리적으로 설명했고, 내 분노가 정당하다고 확신했다.

승소할 가능성이 있습니까?

솔직히 말씀드리죠. 희박합니다.

어째서죠? 이건 부당한 일이잖습니까.

부당이요? 그건 누가 정한 겁니까?

제가 이렇게 억울합니다. 억울한데도 강제적 요구를 당해야 하다니, 부당한 것 아닙니까?

당신은 우선 말로 변한 것부터 억울해했어야 합니다. 돼지가 되지 못한 이상, 그 어떤 부당도 감수해야 한다고 생각지는 않습니까?

그건 어째서죠?

말은 말이니까요.

그래도 같이 싸워주시면 안 되겠습니까?

변호사의 표정이 부드러워졌다. 입가에 미소가 드리웠다. 하지만 눈에서는 웃음기를 찾을 수 없었다.

착수금이 이천만 원이고, 조사 및 항소 여부, 재판 기간에 따라 추가 비용을 지불하셔야 합니다. 추가 비용은 무조건 선납이며 그에 대해 거부나 환불은 있을 수 없고, 비용 산정은 변호사에게 일절 위임한다는 동의서를 제출하셔야 합니다. 패소를 비롯한 재판 결과는 변호사의 책임이 없습니다. 이에 대해서도 동의한다는 서명을 하셔야 합니다.

저기, 사정에 따라 무료 변호도 가능하다고 들었습니다.

변호사는 이거 참, 하고 웃었다.

이 나라는 이미지라는 것이 꽤 중요하지요.

전시행정이라는 겁니까?

변호사는 나를 멀뚱히 보며 말했다.

안녕히 가십시오.

구걸을 하다 쫓겨난 심정으로, 혹은 잡상인 취급을 당한 듯 모욕적인 기분으로 다그닥다그닥 일층으로 내려왔다. 경비복을 입은 수퇘지가 나를 노려보고 있었다. 여차하면 나를 덮칠 태세였다. 내가 소란을 일으킬 거라고 생각하는 모양이었다.

푸드덕, 머리를 흔드는데 흔들리는 머리카락이 느껴지지 않았다. 아 참, 나는 털이 밀린 말이었지. 갑자기 당근이 먹고 싶어졌다.

민머리로 현관문을 밀어 열다가 한 걸음 뒤로 물러섰다. 빠끔히 열리던 유리문이 도로 닫혔다. 유리

벽 너머의 세상이 내게는 아주 멀게만 느껴졌다.

그 세상에 있는 것은 돼지와 대지와 공기와 인간뿐이었다.

말은 허락되지 않는다.

얼레.

그러고 보니 병원에서 뛰쳐나와 변호사 사무실을 찾아오기까지 나는 말이 된 사람을 단 한 명, 아니 단 한 마리도 만나지 못했다. 말이 된 불행이 비단 나에게만 찾아왔을 거라고는 생각되지 않았다.

이것은 뭔가가 있다고밖에 할 수 없었다.

저녁 어스름이 내려앉을 무렵, 나는 결정을 내렸다. 나 이외의 말들을 찾아가기로 혹은 찾아내기로.

그래서, 어째서인지, 어쨌든.

114에 전화를 걸었다.

사랑합니다, 고객님.

내가 말이라는 사실을 알았다면 절대 뱉지 않았을 여자의 멘트가 나를 반겼다. 나는 단도직입적으로 용건을 꺼냈다.

제가 말이 되었습니다.

순간 정적이 흘렀다. 사랑하는 고객님이 사실은

사랑할 필요조차 없는 고객님이었다는 사실을 깨달은, 그런 정적이었다.

말들은 어디로 갑니까?

찾으시는 전화번호의 업체명을 말씀해주시길 바랍니다.

제가 말이 되었습니다. 그런데 저와 같은 처지의 말은 아무도 보이지 않아요. 대체 어디에 가야 만날 수가 있는 거죠?

시팔.

여자는 시팔, 하고 중얼거렸다. 시팔, 나도 이러는 내가 한심스러웠다. 수화기 너머로 옆 사람인지 옆 돼지인지 알 수 없는 인물과 욕지거리가 섞인 몇 마디를 하더니 덜컥, 소리가 이어졌다. 곧바로 기계음이 들려왔다.

제이 마사회, 공이 이오칠칠 일팔일팔.

곧장 전화를 걸었다. 이번 역시 나를 맞이한 건 기계음이었다.

상담원과의 통화는 아침 아홉시부터 오후 다섯시까지만 가능하오니 확인 후 다시 걸어주시기 바랍니다. 플리즈……

플리즈 하고 부탁해봐야 전화를 받아줄 사람은 없는 듯했다. 시계를 보니 벌써 일곱시 반이었다. 내일 아침까지 몸을 누일 곳이 필요했다. 몹시 피곤했다. 너무 많은 일이 한꺼번에 찾아왔다. 불행이, 불시에.

서울 역전, 지하도, 청량리 역전, 공원.

나는 그 어디에도 내 몸을 누일 수 없었다. 가는 곳마다 이미 자리 잡은 노숙 돼지들이 자릿세를 요구했다. 그럴 돈이 있었다면 나는 벌써 변호사를 샀을 터였다. 추적추적 비가 내리기 시작했다. 할 수 없이 나는 어느 식당 처마 밑에서 비를 피했다. 그냥 이렇게 서서 시간을 보내야 할까, 생각하는데 경찰차가 다급히 식당 앞에서 멈춰 섰다.

놀라서 뒤를 돌아보니 식당 안에서 여주인이 코를 막고 나를 보고 있었다.

나는 더럽지 않아. 냄새나지도 않아. 비를 피할 뿐이야. 아무 해도 끼치지 않아.

그러나 여주인의 눈이 나를 향해 말했다.

그냥 네 자체가 싫어.

나는 도망쳤다. 무엇이 두려워 또한 무엇을 피하기 위해 도망치는지는 명확하지 않았다. 그저 도망치는 것밖에 할 수 있는 것이 없었다. 나는 공원 뒤에 있는 산 중턱의 어둠 속으로 스며들어갔다. 어둠밖에, 나를 받아주는 곳이 없었다.

날이 밝아 아홉시가 되기 무섭게 나는 J마사회에 다시 전화를 걸었다.

마사횝니다.

제가 말이 되었습니다.

이런.

전화를 받은 남자는 당황하는 대신 혀를 끌끌 찼다.

왜 아직 오지 않으신 거죠? 이번 기수에 말이 되신 분들은 이미 다 도착해 계십니다.

아, 그게 저…….

나는 내가 늦었다는 걸 남자의 말을 듣고 처음 알았다. 말이 모여 있는 장소가 있다는 것도. 나는 말이 되고 나서 말에서 벗어나야 한다는 부모님의 강제와 사람들의 멸시만을 알고 있었을 뿐이다.

나를 기다리고 있는 곳이 있다. 그 사실이 눈물나게 고마웠다. 그곳에 가면 나에게 질 좋은 건초를 줄 것이다.

어떻게 가면 되죠?

주소를 불러드리지요.

죄송합니다만 대강의 위치를 알려주세요. 주소로 찾기에는……. 제가 길치라서요.

남자는 안타깝다는 듯 한 번 더 이런, 했다.

당신의 부모님은 당신에게 내비게이션도 장착해주지 않고 내팽개쳤나 보군요. 하지만 찾아오기 쉬운 방법이 있지요.

남자는 도로명주소를 불러주었다.

대강 물어물어, 도로명을 찾고 찾아, 이윽고 나는 J마사회 앞에 도착했다. 접수대에 앉은, 아직 변화가 시작되지 않은 청년이 무표정한 얼굴로 말했다.

진작 오셨어야지요. 다른 말들은 이미 훈련을 시작했습니다.

그게, 저는 부모님께서…….

나는 웬일인지, 이유를 알 수 없고 목적도 없는 변명을 했다.

이유가 어찌 되었든 간에, 늦게 와서 받지 못한 훈련의 불이익은 스스로 감수해야 합니다. 그것이 이곳의 룰입니다. 경쟁 시대니까요.

　　　나는 무엇을 경쟁해야 하는지도 모르는 채 훈련소라는 곳에 입소했다. 뒤늦게 입소한 나를 다른 말들이 경계심 어린 눈으로 힐끔힐끔 보았다. 나는 히죽 웃었으나, 그들은 푸르륵 침을 튀기며 고개를 돌렸다. 그들에게 나는 경쟁자 원 플러스 원 정도였음을 나중에 알았다. 그것도 빡빡이 경쟁자. 그리고 내가 경주마가 되어야 한다는 것도.

　　　새벽 다섯시에 기상해 하루를 시작하면 지옥도가 펼쳐졌다. 지옥. 딱 그렇게밖에 표현되지 않았다. 내게 머리띠가 씌워졌다. 있지도 않은 머리카락을 고정하기 위함이 아니었다. 머리띠 양옆에는 작은 판이 달려 있었다. 나는 눈을 옆으로 돌릴 수 없었다. 오로지 정면, 정면만이 내게 허락되었다. 그러고는 달렸다. 달리고, 달리고, 달렸다. 목에서 피 냄새가 올라올 때쯤 당근이 주어졌다. 근육을 만든다는 어떤 가루와 정신을 맑게 한다는 어떤 액체를 빼놓지 않고 먹어야 했다. 그러고 나면 또다시 달리고, 달렸다. 달리고, 달리다 보면 해가 졌다. 당근을 먹고, 근육을 만든다는 어떤 가루와 정신을 맑게 한다는 어떤 액체를 삼키고 잤다. 그러면 나는 암흑 속으로 빠져들 수 있었다. 그것은 내게 찰나였다. 계산상으로 나의 취침 시간이 몇 시간이든 간에 나에게는 찰나일 뿐이었다. 똑같은 하루가 다시 시작됐다. 끊을 수 없는 고리처럼, 마지막이 오지 않을 것처럼 계속 반복되고 또 반복되었다.

우리가 쉴 새 없이 달리는 걸 감시하는 사람들은 녹음된 것처럼 늘 같은 단어를 외쳤다.

최고. 일등. 승리.

그러면 많은 말이 의심 없이 푸드득거리며 달렸다. 말 하나가 넘어지고, 또 하나는 쓰러졌다. 하나는 피를 흘리고 죽어갔으며, 다른 하나는 그 자리에서 다리가 부러져 병원으로 이송되었다. 하지만 멈추는 말은 없었다. 대열에서 이탈한 말들을 안타까워하지도 않았다. 원 플러스 원의 경쟁자가 원 마이너스 원이 된 것이 기뻐 보이기까지 했다.

어느 날 나는 피를 토했다. 교관이 다가왔다.

이탈할 건가?

이탈하면 어떻게 되는 건가요?

나는 묻고 나서야, 그동안 이탈한 말들이 어디로 갔는지 몰랐다는 사실을 깨달았다.

고기가 되지.

정신이 아찔했다. 비틀거리는 나를 보고 교관이 히죽 웃었다.

싫으면 달려. 최고가 되라고. 일등 말이야. 레이스에서 승리할 수 있는.

최고. 일등. 승리.

다 최고가 되면 뭐가 남는 겁니까?

고기가 남지.

히죽 웃는 교관을 하마터면 말발굽으로 내리찍을 뻔했다.

최고가 아니면 나머진 다 고기. 그게 이 세계의 룰이야.

매주 일요일 평가 레이스가 열렸다. 말들은 죽기 살기로 달렸다. 옆 레인의 말을 이길 수 있다면 무슨 일이든 주저치 않는 자까지 나왔다. 경쟁자의 건초에 근육을 일시적으로 마비시키는 약을 뿌리다가 현장에서 검거되기도 했다. 잡혀가면서 그는 울부짖었다.

이렇게라도 하지 않으면!

레이스가 시작되면 교관들은 말들의 성적을 체

크했다. 등수별로 등급이 나뉘었다. 입소해 처음 치른 평가 레이스에서 나는 7등급을 받았다. 좋은 성적은 아니었지만 가장 마지막 등급인 8등급은 아니었다. 처음 이곳을 찾아왔을 때 안내원이 말했던 것처럼 다른 말들보다 한참 늦게 들어온 내가 이 정도라면 어느 정도 기본은 하지 않았나, 하며 혼자 뿌듯해했다.

그러나 나는 더 이상 7등급으로 만족할 수 없었다. 평가가 끝난 다음 월요일 오후, J마사회 주관으로 말고기 경매시장이 열렸다. 그 뒤로 나는 8등급을 받은 말들을 보지 못했다.

나는 죽기 살기로 달렸다. 어떻게든 이겨야 했다. 점점 등급은 높아졌다. 그럴수록 더 피폐해졌다. 말 하나가 넘어지고, 또 하나가 쓰러져도 나는 아랑곳하지 않았다. 하나는 피를 흘리고 죽어갔으며, 다른 하나는 그 자리에서 병원으로 이송되었다. 그래도 나는 눈 하나 깜짝하지 않았다.

나는 멈추지 않았다. 대열에서 이탈한 말들을 안타까워하지도 않았다. 원 플러스 원의 경쟁자가 원 마이너스 원이 된 것이 기쁘기까지 했다. 그제야 교관이 나에게 온화한 미소를 지어주었다. 이제야 비로소

진정한 말이 된 것 같다고 했다.

하지만 나는 행복하지 않았다. 승리해도, 일등이 되어도. 진정한 말이 무엇인지도 모르는 채 나는 그 무언가가 되어버렸다. 이건 아니었다. 그 사실만은 명확하게 알 수 있었다. 이렇게는 앞으로도 절대 행복할 수 없다는 것도.

나는 또 피를 토했다. 울었다. 울음에 범벅된 피를 토하면서 나는 사이사이 간신히 말했다.

나는 사람이었어요. 나는…… 사람이라고요.

왜 달려야 하는가. 무엇을 위해 일등이 되어야 하는가.

그런 생각을 한 건 내가 입소한 지 팔 개월이나 지난 어느 날이었다. 아주 우스웠다. 참 일찍도 생각한다, 하고는 나를 비웃어주었다.

하지만 이곳에서는 생각할 필요가 없었다. 시키는 대로 하면 되었다. 생각이 필요하다고 판단되면 이곳에서 어떤 생각을 하라고 주문했다. 승리, 최고, 일등. 어떤 날은 최고, 일등, 승리. 거기에 익숙해져 있다 보면 무리는 아닌 일이었다.

어쨌든 나는 왜 내가 달려야 하고 일등이 되어

야 한다고 강요받는지에 대한 답을 찾아냈다. 팔 개월이 지나 평가 레이스에서 3등급을 받은 날이었다. 1·2·3등급을 기록해낸 말들을 교관들이 이동시켰다. 레이스가 있는 경기장이었다. 그리고 잠시 뒤 채찍을 든 기수들이 줄을 지어 입장했다. 모두 돼지들이었다.

우리는 돼지들을 태우고, 돼지들을 즐겁게 하기 위해 달려야 했다. 성적이 미진하면 재미가 없으니 일 등이 되어야 했고, 돼지들의 주머니를 채워주어야 했으니 승리해야 했고, 인기를 얻어 오래오래 고기가 되지 않기 위해 최고가 되어야 했던 것이다.

그것을 알게 된 그날, 내가 뭘 했느냐고?

달렸다.

담배를 폈고, 화장실에 들어가 아무 데나 오줌을 갈겼다. 그러고 나오다 돼지들을 만났다. 그들은 우리의 등 위에 올라타 채찍질한 기수들이었다. 나는 그들이 고뇌를 주고받는 것을 들었다.

우리 집 애가 아직 변화가 안 왔어.

그래? 훌륭한 돼지로 변모할 거야.

그런데 내가 이런 곳에 와서 말들을 타도 되는 걸까?

무슨 소리야?

혹시 말한테서 더러운 바이러스 같은 게 묻지나 않을까 해서.

아, 그래. 걱정되겠다.

아, 그래. 너희도 힘들군. 나는 그냥 그런 생각을 했다. 그렇게 생각하면 마음이 한결 편안했다.

사는 건 다 힘들다. 다, 모두 다.

더러운 바이러스 같은 게 묻을까 걱정했던 기수는 다음 날 우비를 입고 왔다. 그러고는 버석거리며 내 위에 올라탔다. 채찍으로 나를 내리치며 달리다가 미끄러져 등 위에서 떨어졌다. 그리고 죽었다.

사는 건, 모두 힘들다.

달리고, 달리던 어느 날이었다. 나는 평소처럼 가리개가 달린 머리띠를 쓴 채 경기장에서 출발신호를 기다리고 있었다. VIP 객석의 한 남자가 눈에 띄었다. 내가 말로 변모하기 전, 나를 가르쳤던 담임선생님이었다. 선생님은 모두에게 공평했고, 그런 그를 나는 존경했다. 그러고 보니 말이 된 뒤 선생님께 아무런 말도 없이 여기까지 왔다. 선생님 입장에서 나는 어느 날 갑자기 사라진 것일 터였다. 그간 왜 담임선생님을 떠올리지 못했는지 나는 스스로가 한심스러웠다. 선생님이라면 분명 나에게 도움이 되어주셨을 것이다. 적어도, 나와 함께 고민해주셨으리라.

VIP 객석에 앉은 선생님과 눈이 마주쳤다, 하고 생각한 순간 눈물이 흘러내렸다. 분명 선생님은 나를 찾아오신 것이리라.

출발신호가 울렸는지는 정확하지 않았다. 나는 온통 선생님에게 내 신경을 집중시켰다. 사람들의 환호인지 비명인지 모를 소리가 경기장을 뒤흔들었지만, 그건 내게 적막보다 못한 것이었다. 나는 선생님께로 달려갔다. 나를 발견한 순간 선생님은 두 팔을 휘저으며 소리쳤다.

야, 이 삼번 말 새끼야! 내가 달려도 그것보다 낫겠다!

그제야 선생님이 미친 듯이 흔들고 있는 마권이 보였다.

이해할 수 없었다. 어찌 선생님이 나에게……. 내가 알고 있던 그가 아닌 것 같았다. 선생님은 말이라고 해서 돼지보다 못하고 무시해야 한다고 생각하던 분이 아니었다. 자신의 제자가 말로 변모하면 누구보다 앞장서서 제자를 지킬 사람이라고 확신했었다. 한참의 고민 끝에 나는 답을 찾아냈다. 내가 사람이었을 적에, 나의 엄마조차 내가 돼지가 될 거라고 자신했던 그때, 선생님은 자주 말했었다. 피할 수 없으면 즐겨라. 선생님은 자기 제자가 말이 되었으니, 그 사실만은 피할 수 없으니, 즐기고 계셨다.

나는 달리기를 멈췄다. 대신 울부짖었다. 아무렇게나 엎어져 버둥거렸다. 그렇게 하면 원망스러운 하늘을 걷어찰 수 있는 것처럼 허공에 대고 발차기를 했다. 누군가가 나에게 손가락질하며 말했다.

광마병 아냐?

객석에서 일대 소란이 일었다. 나는 멈추지 않았고, 진행 요원들이 달려와 나에게 총을 겨누었다. 마취총이었다. 탕! 발사되었고, 나는 눈을 감았다.

언제나, 어둠만이, 나를, 받아준다.

깨어났을 때 J마사회 소속 의료진과 마사회 위원회 사람들은 나를 둘러싼 채 이야기를 나누고 있었다. 이야기로 미루어 나는 알 수 있었다. 경기는 중단되었고, 나는 8등급으로 강등되었다. 나는 눈을 뜨고 말했다.

　　말고기 경매장행이지요?

　　뭐? 미친 말고기를 돼지들이 먹어줄 거 같아?

　　웬일인지 나에게 화를 내는 그 사람을, 웬일인지 의사 돼지가 말렸다. 그리고 의사 돼지가 아주 차분한 어조로 말했다.

　　차라리 정신병원에 보내는 건 어떻습니까?

　　나는 미치지 않았어요.

　　정신병원에 있는 대부분의 말이 그렇게 이야기하지요.

　　정말이에요.

　　하지만 당신이 훈련기간 동안 진심으로 훈련에 임하지 않았다는 걸 나는 알고 있어요.

　　그런 건 난 몰라요. 난 내가 왜 달려야 하고, 왜 돼지들의 즐거움을 위해야 하는지도 몰라요. 나는 왜 승리해야 하는지 알 수 없어요. 왜 이곳에서만 살아야 하는지도. 왜 다들 왜냐고 묻지 않는지도. 나는 그저 말도 그렇게 나쁜 건 아니다, 생각할 뿐이에요.

　　의사는 한숨을 내쉬었다.

　　그것 봐요. 당신은 제정신이 아니잖아요.

왜요?

말은 절대 괜찮지 않으니까요.

그날 밤, 나는 그곳을 도망쳐 나왔다.

정처 없이 걷다가 정신을 차리고 보니 집이었다, 라고 변명할 수는 없었다. 자의에 의해 집으로 돌아왔다. 집으로 돌아오는 데에는 이틀이 걸렸다. 언제 이렇게 멀리까지 왔는지 알 수 없었다. 집으로 가면 또다시 싸움이 시작될 것이었다. 하지만 내 가족은 적어도 나를 자신들이 세운 잣대로 쳐내려고 하지는 않았다. 어떻게든 변화시켜서 나를 그 잣대 안에 넣으려고 했을 뿐이다. 방법은 틀렸더라도 나를 버리려 하지는 않았다.

엄마! 아빠!

소리쳐 불렀다. 그러자 그리움이 증폭되었다. 나는 말로 변한 자식을 보는 부모의 상실감을 이해하려 하지 않았다. 오직 나를 이해해주지 않는 부모에게 원망만을 쏟아냈을 뿐이었다.

나는 집 안으로 뛰어 들어가려다 걸음을 멈춰 세웠다. 놀란 눈으로 뒤를 돌아보았다.

집 앞마당에 커다란 마구간이 지어져 있었다.

마구간은 아주 단단한 목재로 만들어져 있었다. 누군가를 기다리기라도 하는 듯 주황색 나트륨등을 내부 가득히 켜놓은 상태였다. 아주 따뜻한 분위기였다. 눈물이 뚝 떨어진다고 생각했지만, 떨어져 내린 것은 간신히 남아 있는 기력이었다. 지독한 피곤에 몸이 순식간에 무너져 내렸다.

엄마가 나를 거부하면 어쩌지.

여동생이 나를 보고 또 비명을 지르면 어쩌지.

아빠가 나를 신고하면 어쩌지.

모두에게 버림을 받으면 그때야말로 어쩌지.

나는 말이고, 일등이 되고 싶지도 않고, 왜 최고가 되어야 하는지 아직 알지도 못하는데 어쩌지.

수많은 어쩌지가 가슴에서 순식간에 씻겨나갔다. 나는 거의 쓰러지듯 주저앉았다. 바닥에 깔린 건초는 아주 훌륭하게 말라 있었다. 매일 바꿔놓은 건지, 아니면 내가 오리라 예상하고 준비해놓은 건지 알 수 없었다. 싱싱하고 질 좋은 당근이 테이블 위에 올려져 있었다. 나는 그것을 보며 잠에 빠져들었다.

어느새 얼굴의 털이 새로 나고 있었다.

에세이

어떤 작가

트리플 시리즈의 제안을 받고 출판사에 가서 미팅을 했다. 하겠다거나 하지 않겠다의 확답을 하지 않았다. 나는 늘 자신이 없다. 내가 그들에게 혹은 독자들에게 재밌는 글을 보여줄 수 있겠다는 확신이 잘 서지 않는다. 그런데 집으로 돌아오는 차 안에서 운전을 하며 내 머릿속에서는 온갖 세계가 펼쳐진다. 이런저런 일이 머릿속에서 터지고, 어떤 장면 하나가 나를 휘어잡는다. 그건 아주 자연스럽게 생겨나는 것으로, 대부분 이런 순간 나는 쓸 수 있겠다는 생각을 한다.

그다음부터는 조급증이 치받는다. 이 이야기를

빨리 쓰고 싶어 손가락이 근질거린다. 소설가에게는 무조건 첫 독자일 수밖에 없는 편집자에게 이 이야기는 어떤지 듣고 싶어 조바심이 난다. 주말에는 무조건 쉬어야 한다는 철칙 때문에 다음 날이 주말이기라도 하면 시놉시스를 써서 보내거나 편집자에게 연락할 수 없다. 계속 이야기를 붙잡고 상상력을 부풀려나간다. 가슴이 두근거린다. 불안과 기대가 뒤섞인다.

나는 늘 재밌는 이야기를 쓰고 싶었다. 물론 소설에는 주제도 있어야 하고 어떤 경우에는 교훈도 있어야 하지만, 그것만이 중요한 거라면 좋은 인문학 도서가 많다. 소설은 독자를 주인공에 이입시켜 함께 그 일을 겪게 하는 것이 중요하다. 그걸 통해 주인공의 감정과 깨달음을 함께 얻게 해야 한다. 그리고 그 시간을 즐겁게 해주어야 한다. 그 즐거움은 공포일 수도, 재미일 수도, 슬픔일 수도 있지만 적어도 지루한 시간이면 안 된다. 그런 기준을 갖고 있지만 모든 독자를 만족시킬 수 없다는 것 또한 서글픈 진실이다. 이 트리플 시리즈도 미스터리소설, 공포소설, 환상소설을 한 편씩을 실으면 재밌겠다! 하고 시작했지만 지금 이 순간 당신은 "재미없었는데?"라고 할 수도 있다. 그렇다 해도 나는 포기하지 않는다. 또다시 상상하면서 이야기를 만든다. 모두를 만족시킬 수는 없지만 모두를 만족시킬 소설을 지향하며 글쓰기를 한다.

어딘가에서 이런 글을 본 적이 있다. 어떤 소설가 모임에 나가서 "암에 걸리신 분?" 하면 한두 명이 손을 든다고 한다. 이번엔 "우울증에 걸리신 분?" 하고 물으면 거의 다 손을 든단다. 농담처럼 들릴 수도 있겠지만 진짜다. 내 주변에도 우울증을 갖고 치료를 받는 분이 여럿 된다. 한번은 여섯 작가가 모여 북토크를 하는데 세 명이 긴장이 완화되는 안정제를 먹고 있었다. 그중 한 명이 나였다. 다 같이 식사를 한 후 긴장된 얼굴로 함께 약을 뜯는 그 모습이 시쳇말로 웃펐다.

정확히 말하자면 나는 중등도의 불안장애와 우울증을 앓고 있다. 약을 먹은 지는 육 년가량 됐다. 약을 끊으려고 몇 번씩 시도해보았지만 매번 무릎을 꿇었다. 이제는 치료보다는 이 녀석을 잘 달래며 살아가려고 한다.

기분 부전 때문에 이 병을 알게 된 사람들과는 달리, 나는 신체적 이상이 먼저였다. 나는 내가 우울한지, 불안한지 잘 몰랐다. 아니, 알고는 있었지만 성격 탓이라 여겼다. 그럴 때가 있다고 쉽게 넘어갔다.

어느 날 갑자기 언어장애가 왔다. 혀가 굳은 것처럼 특정 발음이 잘 되지 않았다. 그것만이 아니었다. 음식을 삼킬 수 없었다. 입맛이 없거나 먹으면 속이 울렁거리는 게 아니라 아예 음식이 식도로 넘어가지 않았다. 응급실에 갔고, 뇌를 포함한 전신을 검사한 후 나에게는 우울증과 불안장애라는 진단이 내려졌다. 정신적인 문제가 신체를 지배한다는 걸 깨닫고 참 신기하다고 생각했다.

치료를 받은 후 십오 일 만에 음식을 다시 먹을 수 있었다. 발음도 정상으로 돌아왔다. 음식을 먹지 못하는 동안 몸무게는 앞자리가 두 번이나 바뀌었지만, 사실은 꽤 마음에 드는 수치기도 했다. 그 뒤로 약을 육 년이나 먹을 줄도 몰랐고, 불안장애의 진수를 아직 맛보지 않았다는 것도 그때의 나는 몰랐다.

불안장애는 그야말로 장애다. 한번 찾아오면 일상생활이 힘들어진다. 공황이 찾아와 응급실에 실려 간 적도 있지만 그곳에서 해주는 거라고는 안정제를 놓아주는 것밖에 없다. 대부분 그 시간을 버텨내야만 한다.

초조함은 기본이다. 입이 바싹바싹 타들어갈 때

도 있고, 이유 없이 두려운 기분도 든다. 가로등 하나 없는 밤길을 혼자 걸어가고 있는데 뒤에서 저벅저벅 발소리가 들릴 때 드는 정도의 긴장이 계속해서 이어진다. 안정제를 먹지만 쉽게 가라앉지 않는다.

가장 큰 불안은 매일 아침에 겪는다. 눈을 떠 작업실에 출근하기 위한 준비를 하는 동안 나는 불안에 시달린다. 오늘은 어제만큼 쓰지 못할 것 같다. 아니, 아예 쓰지 못할 것 같다. 아무런 생각도 나지 않을 것 같다. 억지로 써봐야 재미없는 글이 될 것만 같다. 그런 나를 이기고 출근해내는 게 매일 나의 숙제다.

나는 불안장애나 우울증을 가진 대부분의 작가가 이럴 것이라고 생각한다. 어쩌면 이 병을 갖게 된 이유도 소설 때문인지 모른다. 나는 내가 소설 때문에 이렇게 됐다고 생각한다.

병이 나던 무렵 쓰고 있던 소설은 마치 금요일 밤의 서울 도로 같았다. 완전히 꽉 막혀 진행할 수가 없었다. 너무 괴로워 침대를 뒹굴었다. 가슴은 누가 공기를 주입하는 것처럼 터지기 일보 직전이었다. 그럴 때는 누구와 의논할 수도 없고 도움을 요청할 수도 없다. 나를 구할 수 있는 것은 나뿐이다. 막혀버린 그 벽을 무너뜨리기 전까지는 낫지 않는다. 나는 그러다가 병을 얻었다고 생각한다.

어느 때인가, 선배 작가에게 의논한 적이 있다. 죽도록 생각했는데 도무지 생각이 나지 않는다고, 죽을 것 같다고 했다. 그 선배 작가는 말했다.

"거짓말 마. 안 죽었잖아."

진짜로 죽으라는 뜻은 아니었다. 아직 너는 할 수 있고, 그 끈을 잡고 놓지 않는다면 꼭 풀리리라는 이야기였다. 그 말에 나는 그렇구나, 하고 생각했다. 아직 살아 있구나. 나는 아직 더 할 수 있구나. 그걸 알 수 있었다.

그 때문인지도 모르지만 지금은 불안장애를 가진 걸 약간은 훈장처럼 생각한다. 나는 진심으로 소설을 잘 쓰고 싶어 하다가 이런 병을 얻었다고. 죽도록은 아니지만 불안장애에 걸릴 만큼 고민하고 노력해왔다고.

한번은 이런 일도 있었다. 오 년을 넘게 진료받은 정신건강의학과에서 상담을 하던 의사 선생님이 내게 물었다.

"소설을 안 쓰면 어떻게 될 것 같아요?"

질문을 듣는 순간 아무런 생각을 할 수 없었다.

머릿속이 텅 비고 갑자기 왈칵 눈물이 쏟아졌다. 어떻게든 참아내려 해도 눈물이 참아지지 않았다. 가슴이 너무 북받쳐서 꺽꺽거리느라 한참 만에 겨우 대답했다.

"그럼 저는 아무것도 아니에요."

그때 깨달았다. 소설 쓰는 일은 나의 전부였다.

소설을 쓴다는 건 굉장히 고통스러운 작업이다. 지금 쓰는 이 원고가 소설이라는 하나의 형태를 제대로 갖출 수 있을지 없을지 확신하지 못하는 상태로 작업을 한다. 어떤 경우엔 책으로 내지 못하고 컴퓨터 C 드라이브에 쓸쓸히 남을 때도 있다. 그렇게 작업해 책으로 내면 그다음의 긴장과 불안이 또 기다린다. 독자들이 어떻게 읽을지 두렵고, 내가 출판사에 손해를 끼칠지도 모른다는 생각이 든다. 그뿐만이 아니다. 책을 내는 순간 모든 것은 리셋되어 나는 처음으로 돌아가야 한다. 또다시 새로운 소설을 써내야 하는 것이다. 소설을 쓰지 못하는 작가는 더 이상 소설가가 아니다.

마치 깊은 웅덩이를 다 파서 희열에 젖는 순간 포크레인이 다가와 무자비하게 그 구덩이를 메꿔버리는 것 같다. 포크레인에서 내린 기사가 황망해하는 나에게 이렇게 말한다.

"다시 파."

딱 그런 기분이다. 하나의 소설을 마치고 다시 소설을 시작해야 한다는 것은.

취미 같은 건 없다. 원래는 독서가 취미였는데 전업 작가가 되고 나서 책 읽기는 또 하나의 중요 업무가 되었다. 그냥 즐기기 위해 책을 읽지 못하고 자연히 '이 작가는 여기서 이렇게 썼네?' '이런 구성을 하는구나' 하면서 분석하고, 내 글쓰기에 도움이 되는 것을 흡수하고 싶어 하며 책을 읽게 된다. 그래서 나는 언젠가 은퇴하면 그때는 정말 재밌게 책을 읽어야지, 하며 늘 그때를 상상하고 희망한다.

운전은 하지만 대부분 출퇴근 용도로만 쓴다. 사이클을 타거나 수영을 하지도 않는다. 뭔가를 배우고 싶어 하는 일은 없다. 주기적으로 만나는 친구도 없다. 모임이 가끔 있기는 하지만 대부분 글을 쓰는 사람들과의 협업 때문에 갖는다.

월화수목금. 오전 아홉시부터 오후 다섯시까지. 나는 작업실에 있다. 내가 스스로 정해놓은 하루의 분량을 쓰고, 퇴고하고, 책을 읽는다. 자료 조사를 하거나 작품을 쓰기 위한 공부를 한다. 주말에는 무조건 쉰다. 그것도 잘 쓰기 위한 쉼이다. 쉬는 시간을 나에게 주지 않으면 오래갈 수 없다. 이렇게 시간을 정해놓고 쓰면 글이 잘 써지는 날은 어떻게 끊고 퇴근하느냐는 질문을 받은 적이 있다. 나는 이렇게 대답한다. 지금 쓸 수 있으면 내일도 쓸 수 있다. 나는 그렇게 나를 관리해왔다.

이렇듯 나의 생활은 단순하다. 그렇게 단순하게 살며 모아온 조각조각의 기운과 체력을 글쓰기에 쏟아붓는다. 나는 글을 쓰기 위해 사는 사람이고, 그 삶이 나를 지탱하고 또한 그렇기에 먹고살 수 있다.

이런 글을 쓰는 건 내가 얼마나 힘든지 알아달라는 것이 아니다. 이렇게 힘든 생활을 하고 있으니 재미없더라도 별점 5점을 꼭 달라는 것도 아니다(물론 주신다면 감사히 받겠다).

그저 작가라는 직업을 가진 사람은 이렇게 살고 있다는 것과 이 글을 읽는 당신의 시간이 진심으로 아깝지 않기를 바라는 마음을 전하고 싶었다.

나는 앞으로도 재미를 지향하는 작가로 살 것이다. 그 걸음을 함께해주신 당신의 시간을 꼭 보상하는 작가가 되겠다.

해설

유동하는 현실, 온몸의 방랑

— 성현아(문학평론가)

'현실에 정확히 발 딛고 있는 소설'이라는 찬사는 단단한 지면에 접촉하지 않은 채 부유하는 소설을 상대적으로 경시하는 흐름을 만들어낸다. 이는 여전히 문학상 심사평 등에서 자주 발견되는 평가 경향이다. 그렇다면 문학이 침투하고 포착해내야 하는 현실이란 언제나 고체 상태의 지평일까. 아주 오랜 시간이 지나도 액화하거나 기화할 기미가 없는 견고한 현실이라는 고정된 관념이야말로 이제는 다르게 생각해봄 직한 허구적 구성물은 아닐까. 현실의 물성에 관한 기존의 합의가 소설의 도약을 옥죄고 있다는 인상을 지우기 어렵다.

정해연의 소설은 발붙일 대지로부터 자유로워진 대신에 몸 닿을 대기의 현실에 고스란히 접촉하는 소설이다. 갈피를 잃고 방황하는 것이 아니라 기성이 규정한 현실이 자아내는 중력을 덜 받으면서도 유체 상태의 현실을 온몸으로 감각하려는 방랑의 자세를 취한다. 장르소설이라는 소박한 울타리가 다 에워쌀 수 없는 넓은 세계로의 날아오름이 결코 현실로부터의 이탈은 아니다. 오히려 상상력과 수수께끼를 탈각하고 언어화되지 않는 공포를 매끄럽게 소거해버리는 관습적 현실에서 가능한 멀리까지 달아나보는 소설은, 현실의 입자 하나하나를 피부로 확인하며 현실의 경계를 확장해낸다. 정해연의 소설에서 우리가 발견하는 것은 추락지가 되고야 말 현실을 벗어나 비현실을 탐험하려는 무모한 객기나 그로 인한 찰나의 여흥이 아니다. 어떤 것이 명확한 원인인지 알 수 없도록 서로의 알리바이가 되어가는 안개 형태의 현실이다.

읽는 과정 자체에 공포든 재미든 슬픔이든 모종의 즐거움이 있기를 바란다(「어떤 작가」)는 작가의 말을 통해, 그가 독자를 교화하거나 설득하는 일보다 사건의 진행과 서사적 긴장 자체를 즐기도록 돕는 일에 최선을 다하고 있음을 알 수 있다. 이야기에 몰입하되 서사적 여백과 그 성긴 연결 속에 파편처럼 존재하는 현실을 몸소 감각하게 하는 것, 그것이 정해연의 의도에 더 가까워 보인다. 소설집 『말은 안 되지만』에 담긴 미스터리소설, 공포소설, 환상소설이 공통적으로 직면하게 하는 것은 현실의 새로운 공간감이자 낯선 질감이다. 미스터리가 해결되어도 미스터리가 남는, 공포가 종결되어도 공포가 이어지는, 환상이 끝나버려도 환상을 재소환하게 만드는 눅진한 현실.

　　소설집을 여는 작품인 「관심이 필요해」는 다양한 증상으로 병원에 입원하기를 반복하는 만7세 '영우'를 아프게 하는 가해자가 누구인지 탐색하는 이야기다. 미스터리를 풀어가는 탐정 역할은 초점화자이자 의사인 '중혁'이 맡는다. 소설은 우선 중혁이 어린 시절, 어머니로부터 학대받았으며 지금도 그의 속박에서 자유롭지 못하다는 사연을 들려준다. 탐정 배역이 "사건의 관찰자로서 자기 객관성을 유지해야 한다는 규율이 강조"되는 근대 서구 미스터리 장르와 달리 한국적 미스터리의 경우 탐정 역할을 맡은 중심인물이 "자기 사연을 구축"하게 하여 "통속적 욕망"을 갖게 만드는 "멜로

드라마의 구조"를 취하는 경향이 있다.* 이는 흥미로운 사건으로서의 미스터리를 깊이 몰입할 수 있는 내밀한 서사로 구축해내는 효과적인 장치로 기능한다. 폭력적인 어머니를 피해 집을 떠나야만 했던 중혁의 이야기를 통해 보호자와의 분리가 그에게는 안전과 생존을 보장받는 일이었음을 확인할 수 있다. 따라서 우리는 중혁이 영우의 문제에 적극적으로 개입하는 이유를 이해하게 되며 자연스레 그의 관점에 동화된다. 아이를 보호하고자 하는 그의 의지가 유년의 비극적 체험에서 비롯된 것이므로 더욱 진정성 있는 것으로 다가온다. 더불어 그가 영우를 치료하는 의사이기에 그의 의심은 의학적 판단에 기반한 합리적인 추론으로 보인다. 중혁은 영우의 엄마가 "아픈 사람을 극진히 보살펴 다른 사람의 관심과 칭찬을 받으려"(14쪽) 하는 '대리 뮌하우젠 증후군' 환자이며 영우를 의도적으로 아프게 만들었을 것으로 추측한다.

중혁의 의혹은 영우의 반응을 통해 강화된다.

---

* 박인성, 「한국 미스터리를 읽는 네 가지 키워드: ②욕망과 갈등의 논리」, 『계간 미스터리』 2024년 여름호(통권 제82호), 나비클럽, 197~198쪽.

모든 수치가 정상이기에 퇴원할 수 있다고 알리자 영우의 얼굴은 어두워진다. 중혁은 그러한 표정의 변화를 포착하고 영우가 학대하는 엄마와 둘만 남겨지는 상황을 두려워한다고 해석한다. 이후 쓰러졌다 깨어난 영우를 안심시키기 위해 "엄마는 늦게 오실 거야"(30쪽)라고 시간적 여유가 있음을 강조했을 때도 영우가 비슷한 반응을 보이자, 중혁은 엄마가 온다는 사실 자체에 그가 겁을 먹는다고 판단한다. 중혁은 유년의 상처를 영우에게 투영하고 "고통을 주는 엄마에게서 아이는 분리되어야 마땅"(31쪽)하다는 지론을 되새기면서 의심을 확신으로 바꾸어나간다. 결과적으로 자신의 믿음에 부합하는 정보만 취사선택하여 받아들이고 이를 자기가 만든 시나리오에 꿰맞추는 중혁은 신뢰할 수 없는 화자이지만, 소설은 그의 사연에 먼저 공감하게 만듦으로써 중혁의 확증편향에 독자 또한 동참하도록 만든다.

　　용의자였던 영우의 엄마가 무고하다는 사실이 드러날 때, 이 반전은 가히 놀랍지만 쾌감을 주지는 않는다. 일곱 살 난 아이를 가해자라고 지목할 수 있는가 하는 문제가 남기 때문이다. 이 소설의 핵심은 가해자가 누구인지를 알아낸 후에도 문제가 해결되지 않는다는 점에 있다. '아이가 왜 이렇게 자주 아플까'라는 물음에서 촉발되어 '누가 아이를 아프게 하는가'로 발전한 질문의 해답이 명쾌하게 제시되지 않은 채로 소설은 끝나버린다. 정해연은 가해자 찾기의 플롯을 비틀어, 어린아이가 자신을 해하는 가해자임이 밝혀진 이후에도 여전히 실질적인 가해자 자리가 채워지지 않았음을 시사한다.

영우에게 보호자는 엄마뿐이고 아이는 그가 곁에 있어주기를 바라서 고통을 택한다. 미성숙하고 미련한 방식이기는 하지만 힐난할 수 없다. 아이가 돌봄과 보호를 바라는 것은 당연한 욕망이기 때문이다. "아이를 키우기 위해 아이를 혼자 두는 시간이 길어졌다"(40쪽)는 역설적인 상황은 돌봄이 가정에 일방적으로 맡겨져 있으며 이를 지원할 사회적 시스템이 부재함을 되비춘다. 아이의 건강에 최선을 다해온 엄마에게 "아이를 잘 돌보라고 말"하는 일이 얼마나 공허한지, 또 "살기 위해 허덕이는 사람에게 당신 때문에" "아이가 계속 병을 얻는 거라고"(41쪽) 경고하는 일이 얼마나 가혹한지 생각하는 중혁에게 우리는 공감할 수밖에 없다. 이때, 영우 엄마를 오해하게 하고 서스펜스를 창출

하는 장치로 기능했던 중혁의 사연이 다른 의미를 부여받게 된다. 중혁 역시 아동학대의 피해자이지만, 그 또한 어떠한 보호도 받을 수 없었다. 더불어 그가 구호 요청을 했다고 하더라도 양육자와 쉬이 분리되지는 못했으리라는 점을 짐작할 수 있다. 이는 한국 사회의 뿌리 깊은 가족중심주의와 그것을 역이용하여 책임을 방기하는 국가적 시스템이 어떻게 악순환하고 있는지를 조명하며 더욱 거대한 미스터리를 소환한다. 소설은 돌봄을 개별 가정의 문제로 치부하는 부조리한 현실에 대해 직접적으로 비판하지 않는다. 다만 초점화자를 따라 함께 미스터리를 파헤치게 하고 그 과정에서 액체 상태로 고이기만 하는 현실을 온전히 뒤집어쓰게 한다. 우리가 기어코 마주하게 된 음습함과 불쾌감, 떼어내기 힘든 슬픔은 필요한 것이 비단 '관심'이 아님을 명징하게 알려준다.

미스터리가 풀려도 미스터리가 남아 있도록 만드는 정해연의 방식은 공포소설 「드림 카」에서도 반복된다. 공포를 느끼는 주체와 공포를 유발하는 존재가 모두 사라진 자리에도 공포가 여전히 잔존한다. 데뷔작 『더블』(사막여우, 2013)에서 중심인물인 '현도진'이 살인

범이라는 사실을 먼저 제시하여 한 인물에게 집중적으로 공감하는 일을 의도적으로 방해하고 독자로 하여금 사건의 진행 전반을 거리를 두고 관찰하도록 만들었던 것처럼, 「드림 카」에서도 정해연은 유사한 서술방식을 차용한다. 중심인물인 '인우'에 관한 정보는 매우 제한적으로 주어진다. 그가 "이 년의 투자"로 졸부가 되었고 "드림 카"(45쪽)를 얻었다는 점이 드러나지만, 독자는 투자의 내용을 알 수 없다. 소설의 초반부에 제시되는 '창섭'과의 일화는 인우의 입장에서 통쾌한 복수이겠으나 정보의 불균형한 제시로 인해 인우가 느끼는 쾌감은 독자에게 전이되지 않는다. 공장에서 일하던 인우를 동창들이 무시해왔다는 부분은 한 토막의 삽화도 없이 요약적으로 제시된다. 따라서 동창들이 인우를 "그림자 취급"(47쪽)해왔다는 진술은 인우의 주관적인 해석이자 일방적인 주장에 가까워 보이기도 한다. 이에 반해 인우가 궁지에 몰린 창섭에게 돈을 빌려주겠다고 거짓말한 후 그의 전화번호를 차단해버리고 비웃는 장면은 상세히 묘사된다. 결과적으로 독자에게는 인우의 기행과 인격적 미성숙만이 강조된다. 또한 "학창 시절에 나쁜 친구들과 어울려 이런저런 사건에 휘말리는 바람에 소년법 10호 처분을 받고 소년원에 다녀온 전력"(56쪽)이 있다는 사실은 그가 중범죄를 저질렀으리라는 추측을 심어준다. "이런저런 사건"이라는 두루뭉술한 설명은 인우의 입장을 옹호해주지 않는다. 부자가 된 후 연인인 '혜란'을 대하는 태도가 달라졌다는 점, "자신에게는 어떤 여자라도 가질 수 있는 막대한 부가 있"(66쪽)다는 오만한 생각과 뒤틀린 여성관을 여과 없이 드러낸다는 점 또한 자세하게 묘사되어 있어 인우에게 반감을 갖게 만든다. 정리하자면, 소설은 그를 부정적으로 평가하도록 유도한다.

따라서 "얼굴 한구석이 함몰되어 있"(50쪽)는 피 흘리는 여자의 등장으로 인우가 느끼게 되는 공포는 독자에게 잘 전염되지 않는다. 중심인물에게 몰입할 수 없고 주어진 정보도 충분하지 않아 판단을 유보한 채 전개를 따라가게 되는 독자는 여자의 정체에 호기심을 갖게 된다. 짤막한 기사로, 공포를 유발해온 존재의 비밀이 드러났을 때 그리고 그것이 초자연적인 현상과 상반되는 것으로 여겨지는 지극한 현실에 있을 때, 대조로 인한 충격은 극대화된다. 더불어 인우를 두려움에 떨게 만들던 여자가 실은 인우에 의해 죽임을 당한, 즉

그가 공포감을 준 대상이었음이 밝혀지며 공포의 주객이 전도된다. 인우와 혜란이 모두 죽고 더는 두려움을 느낄 이가 남아 있지 않게 된 결미에도 공포가 남는 이유는 바로 그 역전에 있다. 여자와 인우의 관계성이 드러나자 여자가 자아내던 비현실적인 공포는 자본주의 사회가 배태한 익숙한 공포로 치환된다. 인물만 느끼던 생생한 공포감은 결코 소거되지 않는 불안으로 독자에게 옮겨붙는다.

정해연의 소설이 검질기게 응시하고 있는 곳은 공권력이 개입하지 못하는/않는 부재의 자리다. 아내를 죽이고 84억의 보험금을 수령한 인우는 "무죄를 받"(73쪽)았고 공모자인 혜란은 조사조차 받지 않은 것으로 보인다. 망령으로라도 등장하여 직접 응징하지 않으면 인우의 범죄는 처벌할 수 없게 된다. 여기에 진정한 공포가 있다. 공포스러운 상황 자체가 종결되었음에도 공포가 이어진다는 것, 이는 농도 짙은 두려움을 남긴다. 이때의 참혹한 현실이란 없는 것으로 여겨지기 쉬운 기체에 가깝다.

이처럼 정해연은 가족이라는 제도가 지닌 폐쇄성과 그로 인한 범죄의 수월성을 이야기하되 가정 내에서 이루어지는 범죄를 방관하고 도리어 가정의 문제로 축소하는 현 사회의 시스템에 집중한다.『지금 죽으러 갑니다』(황금가지, 2018)에서 일말의 온정도 남아 있지 않은 가족의 이야기를 들려주었던 정해연은 소설「말은 안 되지만」에 "가족에게마저 내몰리게 되는"* 상황을 또 한 번 펼쳐놓는다. 이 소설에서 인간은, 개별적인 시기는 상이하지만 누구든 예외 없이 동물로 변화한다. 대대적으로 변화의 시기가 찾아온 때, '나'는 말로, 가족은 돼지로 변한다. 개체수의 우위를 점하고 있는 돼지는 이 사회에서 환영받지만, 상대적으로 소수인 말은 혐오의 대상이 된다. '나'는 자신이 말이 된 것을 창피해하지 않고 돼지를 부러워하지도 않는다.

    그러나 가족과 사회는 '나'에게 수치심을 느끼도록 강요한다. 엄마는 '나'를 억지로 성형외과에 데려가고 의료진들은 말이 된 '나'와 마주치자 불쾌해한다. 주둥이 절제술을 강요당하는 '나'는 가출하여 법적 구제를 받으려 하지만, 이는 말에게 허용되지 않는다. '나'

---

* 채희경,「정해연 "나를 죽이는 것도, 나를 살리는 것도 가족"」,『채널예스』, 2018.05.28., https://ch.yes24.com/Article/View/36065

는 자신이 느끼는 분노의 정당성을 피력하지만, 그 또한 인정되지 않는다. 부당한 처사를 당한 대상이 냉대를 받아도 되는 존재로 여겨지는 말이기 때문이다. '나'가 찾아간 변호사는 돼지가 아니라 "말로 변한 것부터 억울해했어야" 한다며 "돼지가 되지 못한 이상, 그 어떤 부당도 감수해야 한다"(87쪽)고 일러준다. 우리는 속물적이고 비논리적인 변호사에게 답답함을 느끼지만, 곧 그것이 우리가 매일같이 마주치는 현실이자 차별의 온상임을 깨닫게 된다.

  정해연이 구상한 세계의 구성원들은 인간이 돼지나 말 등의 동물로 변화하는 원인 또는 종 간의 실질적인 차이에 관심이 없다. 그저 절대다수인 인간과 돼지 이외의 종은 다르게 대우받아 마땅하다고 생각할 뿐이다. 정해연은 상대적 소수인 말에게 대대적인 차별이 가해지는 과정을 펼쳐놓는다. 그리고 이를 화자인 '나'가 모두 겪어나가도록 한다. "이미 이 나라의 모든 시설은 돼지의 신체에 맞추어져 있"(86쪽)고 누구도 '나'에게 말이 혐오스럽다는 명제에 대한 합리적인 근거를 제시하지 않는다. 소수집단을 혐오하면서 최소한의 평계도 마련하지 않는 공동체의 자세는 반박의 여지조차 말

살해버린다. '나'는 자기를 보기만 해도 코를 틀어막는 이에게 자신은 더럽지 않고 해를 끼치지 않는다고 항변하지만, 그의 눈은 이렇게 답한다. "그냥 네 자체가 싫어."(91쪽) 우리는 독특한 설정을 지닌 가상의 세계에서, 현실에서 응당 접해보았을 만한 익숙한 태도를 마주하게 된다. 혐오에 동조하는 이들은 그저 특정 집단을 선호하지 않는다고 주장하며, 그것은 어디까지나 개인의 기호일 뿐이라고 둘러댄다. 그러나 권리가 불균등한 상태에서의 불호는 혐오를 향한다. 주관적인 취향임을 강조하며 합리화하지만, 누군가의 권리가 박탈된 차별적인 상황 자체에 어떠한 부당함이나 불편감도 느끼지 못하는 것이기 때문에 결과적으로 배제에 동의하는 것이 된다. 이러한 혐의로부터 자유로울 수 있는 사람은 거의 없을 것이다. '나'는 외양이나 특성, 청결 상태에 의해 평가되는 게 아니라 "말은 허락되지 않는다"(89쪽)는 대전제에 의해 언제나 부정적 평가만을 받게 되는 이 사회의 규칙을 체득한다.

    말로 변화한 이들이 모여 있다는 J마사회의 존재를 알게 된 '나'는 그곳에 들어가 경마가 되는 훈련을 받는다. 이탈하거나 낮은 등급을 받으면 고기가 된다고 위협받으며 '나'는 다른 말들과 경쟁한다. "최고. 일등. 승리."(95쪽) 이것만을 강조하는 교관과 감시원들의 휘하에서 죽어가는 말들을 외면한 채 끊임없이 달린다. 고된 훈련에 지쳐 각혈하는 '나'는 "나는 사람이었어요"(98쪽)라고 토로하기도 한다. 이 주장은 사람에게는 폭력을 가하면 안 된다는 인식에 기대어 있다. 그러나 그는 사람이 아닌 말이기에 그의 외침은 설득력을 잃고 공허해진다. '나'의 감정에 몰입하고 있는 우리는 안타까움을 느끼며, 이미 우리 사회가 실제로 말과 같은 동물에게 고통스러운 훈련을 시키고 있다는 점을 환기한다. 말로 변화했기 때문에 어떠한 잘못도 하지 않은 인물이 받아야 했던 부당한 처사는 모두 비인간이라는 이유만으로 동물들이 당하고 있는, 현재 진행 중인 잔혹한 학대다. 인간-비인간의 구도가 아닌 비인간(돼지)-비인간(말)의 구도를 취함으로써 정해연은 인간이 비인간에게 베푸는 연민 등의 시혜적 감정만으로는 이와 같은 폭력의 연쇄를 해결할 수 없다는 점까지 짚어낸다.

  우여곡절 끝에 집으로 돌아온 '나'는 가족들이 자신을 위한 마구간을 구비해둔 것에서 작은 희망을 발견한다. 이를 통해 부모는 자식을 버릴 수는 없다는 통속적인 내리사랑을 잠깐이나마 확인하지만, 여전히 찜찜함이 남는다. 아빠는 "뭔가, 방법이, 있을"(78쪽) 것이라고 믿으며 그를 돼지로 둔갑시킬 궁리를 할 것이고 엄마는 성형을 강요할 테다. '나'는 자기 의사와 상관없이 바뀌거나 바뀐 체해야만 이 사회에 적응할 수 있을 것이다. 학대에 가까운 행위를 했던 가족에게 되돌아가는 일만이 유일한 선택지라는 것은 한편으로 절망적이다. "내 가족은 적어도 나를 자신들이 세운 잣대로 쳐내려고 하지는 않았다. 어떻게든 변화시켜서 나를 그 잣대 안에 넣으려고 했을 뿐이다. 방법은 틀렸더라도 나를 버리려 하지는 않았다"(104쪽)라는 '나'의 판단은 정확하다. '나'의 가족은 어떻게든 자신들의 기준에 부합하게 '나'를 조형할 방법을 찾을 뿐, '나'를 내치지는 않는다. 이는 자녀를 대하는 보편적인 자세에 가깝기 때문에 우리를 서늘하게 한다. 더군다나 그러한 잣대가 가족 내부에서 도출되는 것이 아니라 사회의 기준이 개별 가족의 가치관에 스며들어 생겨난다는 점, 개인과 공동체의 신념까지 교정한 이후 사회는 가족에게 양육을 일임해버린다는 점은 섬뜩하다. 이는 지반으로 남은 현실에만 집중할 때는 얻을 수 없었던 인식들이다.

'나'는 오직 돼지들의 유희를 위해 말들이 달려야만 했다는 끔찍한 사실을 알게 되었을 때도 계속 달린다. 생각할 필요가 없으며 "생각이 필요하다고 판단되면 이곳에서"(98쪽) 주입하는 생각을 하면 된다는 규칙이 몸에 배어버렸기 때문이다. 그러한 주문이 불합리하다는 사실을 알고 있기에 완전히 설득된 상태가 아님에도 '나'는 이 사회의 지배 논리를 습관적으로 따른다. 이는 소설의 초반부와 달리 한풀 꺾인 '나'가 최소한 자기를 버리지는 않을 가족의 온기를 기대하는 방향으로 변화해가는 것과 상통한다. 소설 「말은 안 되지만」은 무조건적인 혐오를 받는 대상이 모순적인 차별의 논리를 납득하지 못했음에도 이에 적응하며 타협하게 되는 일련의 과정을 적나라하게 보여준다.

정해연의 소설은 다수가 현실로 받아들이기로 합의한 편평한 땅이 아니라 흐르며 떠다니는 현실을 마주하게 한다. 그러므로 소설의 결말은 끝이 아닌 무한한 연장이 된다. 몸 곳곳에 스미곤 했던, 그러나 언어화할 수 없던 흩뿌려진 현실의 입자들을 다시 감각하도록 만들기 때문이다. 정해연은 우리가, 웅크려 응고되었다가 서로의 손을 놓치며 기화했다가 징그럽게 들러붙어 우리 안을 흐르기도 하는 다채로운 현실의 물성과 맞닿기를 기대한다. 디디고 있던 땅에서 도약하여 현실과의 접촉면이 늘어날수록 우리는 비약하는 즐거움이 무엇인지 알게 될 것이다. 현실이라 부를 수 있는, 불려야만 하는 세계의 질감을 새로이 탐사할 시간이다.

트리플 27

말은 안 되지만
© 정해연, 2024

초판 1쇄 인쇄일 2024년 9월 2일
초판 1쇄 발행일 2024년 9월 25일

지은이·정해연

펴낸이·정은영
편집·박진혜 박서령
디자인·이선희
마케팅·최금순 이언영 연병선 윤선애 송의정
제작·홍동근
펴낸곳·(주)자음과모음
출판등록·2001년 11월 28일
제2001-000259호
주소·경기도 파주시 회동길 325-20
전화·편집부 02) 324-2347
경영지원부 02) 325-6047
팩스·편집부 02) 324-2348
경영지원부 02) 2648-1311
이메일·munhak@jamobook.com

잘못된 책은 교환해드립니다.
저자와의 협의하에 인지는 붙이지 않습니다.

ISBN 978-89-544-5150-5 (04810)
978-89-544-4632-7 (세트)